mc *Melhores Contos*

Salim Miguel

Direção de Edla van Steen

mc *Melhores Contos*

Salim Miguel

Seleção de
Regina Dalcastagnè

São Paulo
2009

global
EDITORA

© Salim Miguel, 2007
1ª Edição, Global Editora, São Paulo 2009

Diretor Editorial
JEFFERSON L. ALVES

Gerente de Produção
FLÁVIO SAMUEL

Coordenadora Editorial
DIDA BESSANA

Assistentes Editoriais
ALESSANDRA BIRAL
JOÃO REYNALDO DE PAIVA

Revisão
REGINA MACHADO
TATIANA COSTA

Projeto de Capa
RICARDO VAN STEEN

Capa
EDUARDO OKUNO

Editoração Eletrônica
ANTONIO SILVIO LOPES

Dados Internacionais de Catalogação na Publicação (CIP)
(Câmara Brasileira do Livro, SP, Brasil)

Miguel, Salim
 Melhores contos : Salim Miguel / Edla Van Steen, direção ; Regina Dalcastagnè, seleção e prefácio . – 1. ed. – São Paulo : Global, 2009. – (Coleção melhores contos)

Bibliografia
ISBN 978-85-260-1378-0

1. Contos brasileiros I. Steen, Edla Van. II. Dalcastagnè, Regina. III. Título. IV. Série.

09-05761   CDD–869.93

Índices para catálogo sistemático:
1. Crônicas : Literatura brasileira 869.93

Direitos Reservados
GLOBAL EDITORA E DISTRIBUIDORA LTDA.
Rua Pirapitingui, 111 – Liberdade
CEP 01508-020 – São Paulo – SP
Tel.: (11) 3277-7999 – Fax: (11) 3277-8141
e-mail: global@globaleditora.com.br
www.globaleditora.com.br

Colabore com a produção científica e cultural.
Proibida a reprodução total ou parcial desta obra
sem a autorização do editor.

Obra atualizada conforme o Novo Acordo Ortográfico da Língua Portuguesa

Nº DE CATÁLOGO: **2976**

A POSSE DA MEMÓRIA

O que lembro, tenho.

Guimarães Rosa

Um dos mais significativos escitores de sua geração, Salim Miguel vem construindo, há cinco décadas, uma sólida obra ficcional. Entre seus primeiros livros, publicados em Florianópolis nos anos 1950, e a produção posterior há um nítido amadurecimento literário e a ampliação do domínio da artesania narrativa – os contos de *O primeiro gosto*, de 1973, sinalizam uma linha demarcatória. Mas há também um prosseguimento de temáticas e inquietações, o que confere unidade a seus romances, novelas e contos. Um traço que evidencia esse ajuste é o trabalho constante, e sempre renovado, com a memória. Ela tanto pode servir de matéria para seus textos, que retomam a experiência da família de imigrantes libaneses no sul do país (como no romance *Nur na escuridão*) ou aproveitam momentos decisivos da história recente do Brasil (como no romance *Primeiro de abril*), quanto ser usada para discutir o problema da identidade do homem contemporâneo, perdido entre o que acredita ser e o que o outro pensa que ele é (como na novela *As confissões prematuras*).

Mas, em ambos os casos, a sondagem do passado revivido vai além da motivação do conteúdo da obra, transformando a poética da narrativa. Salim Miguel possui um estilo muito próprio de contar: busca uma aproximação, tanto na estrutura quanto na linguagem, ao processo de funcionamento da memória, ou, ao menos, ao modo como o entendemos hoje. Lentas divagações seguidas de rupturas na cadeia dos acontecimentos, o que joga o leitor para dentro do universo caótico da personagem; livre associação de ideias, que permite a visualização dos transtornos mentais e da ambiguidade de seus protagonistas; *mots valises*, diminutivos, alguma rima e ritmo para conduzir com mais facilidade o leitor por entre os labirintos textuais que se vão erguendo – são recursos utilizados pelo autor para dar a consistência que suas narrativas requerem, onde o drama humano se mistura às perscrutações da escrita.

Participante ativo e atento das transformações sociais e estéticas das últimas décadas, inclusive como incentivador da produção cultural (desde o Grupo Sul, movimento de renovação das artes de Santa Catarina, nos anos 1940 e 1950, do qual foi um dos líderes), Salim Miguel não permitiu que sua literatura estagnasse, presa pelas circunstâncias ou pelos modismos que periodicamente se impõem – via mercado ou crítica. Há sempre indagações recentes se somando às antigas em seus textos. Assim, alguns temas inescapáveis, como a violência da ditadura, nos anos 1970, podem retornar a sua obra uma década depois, revestidos de novos significados (basta ler o romance *A voz submersa*, de 1984, para comprovar isso).

É que a preocupação com a linguagem e suas possibilidades preenche um espaço importante em sua escrita. Sem receio de experimentar, apesar de já ter construído um estilo próprio, o autor parece se divertir remontando situações e reaproveitando personagens. Protagonistas de contos podem reaparecer como coadjuvantes num romance, e vice-versa, histórias que começaram num livro há muitos anos de repente ganham prosseguimento, personagens já conhecidas do leitor parecem acenar de longe, sedimentando um espaço físico e social que também garante unidade a sua obra, por mais variados que sejam os assuntos que circulem ali. Boa parte dela tem por cenário a pequena Biguaçu, cidadezinha catarinense onde Salim Miguel passou seus anos de formação, e por personagens alguns de seus habitantes, remodelados pelo engenho do escritor.

Além do trabalho com a memória, que dá às suas narrativas um tom, muitas vezes, fluido e até poético, o autor faz uso ainda de outro recurso: a linguagem cinematográfica. Salim Miguel chegou a escrever roteiros para o cinema – especialmente adaptações de obras literárias, como "A cartomante", de Machado de Assis, e *Fogo morto*, de José Lins do Rego, mas não só – e essa experiência aparece em seus contos e romances tanto na descrição suave de objetos e movimentos, que confere plasticidade ao texto, quanto na construção de determinados diálogos. Neste último caso, no lugar da ênfase nas lembranças, privilegia-se o aqui e agora, com frases curtas, rápidas, carregadas de tensão ou simplesmente preguiçosas, como numa conversa jogada fora, mas que vai conduzindo o leitor para o desfecho da trama, fazendo-o participar do enredo, completando o texto com seus próprios valores e ideias prévias.

Nesta coletânea estão reunidas quinze narrativas publicadas entre 1951 e 1997, que trazem ao leitor obras representativas de todas as fases de sua produção. São contos que contemplam diferentes aspectos do fazer literário de Salim Miguel: do meticuloso trabalho com a memória às múltiplas experimentações com a linguagem. No primeiro deles, "O gramofone", temos um velho imigrante que atravessa tempo e espaço para reviver um episódio de sua adolescência num vilarejo libanês. Não se trata de um simples flash-back, mas de um sofisticado movimento pendular, que faz o protagonista ir e vir, acompanhado pela melodia de uma música que o remete à terra natal. Basta o velho alquebrado levantar a cabeça para se transformar no jovem que corre solto tentando cumprir a missão a que se propôs. Mas então entra alguém na sala, ou é preciso virar o disco, e o devaneio se interrompe e o garoto sente outra vez o cansaço das pernas, o peso do tempo que passou. Até que a concentração volte e o velho possa outra vez se afastar às pressas. No segundo conto, "Um bom negócio", temos o mesmo homem em outra labuta. Não é o velho, nem o garoto, mas o pai de família, o imigrante que peregrina pelo interior brasileiro tentando vender sua mercadoria – toneladas de camarão seco. O sol, a chuva, o cheiro do camarão apodrecendo, tudo se mescla ao cansaço do vendedor e às suas esperanças de fazer algum negócio e poder voltar para casa.

Se em "O gramofone" a memória é deflagrada pela música, em "Outubro, 1930" e "Ele" são referências a eventos históricos que fazem os protagonistas se embrenharem pelas confusas recordações, buscando, de algum modo, situar a si próprios dentro do cenário nacional. No primeiro, um homem retoma sua infância a partir das lembranças da revolução de 1930. Sob o olhar do menino que ele foi, vamos acompanhando a inquietação e a espera dos adultos. À violência distante, de que falam as conversas entreouvidas, se soma a perda palpável, imediata. É a morte de um amigo, em meio às brincadeiras, numa queda de cavalo, o que dá concretude para o garoto ao incompreensível sentimento de angústia que pairava no ar: e ele percebe que o mundo não pode ser o mesmo depois que se conhece o irremediável. Momento histórico e descoberta pessoal se juntam nesta narrativa para compor uma experiência única. No segundo conto – que possui estrutura semelhante ao anterior –, o protagonista se dá conta, cinco décadas depois, de que o homem que vira um dia era mesmo Luís Carlos Prestes, voltando ao Brasil, com Olga Benário, para tentar desencadear a revolução. Aqui, o ponto de vista é de um jovem, mas está igualmente intermediado pelo passar dos anos.

Já em "Atenção, firme!", é a fotografia – do fundo da qual "sete pares de olhos te fitam" – que desencadeia o fluxo de lembranças. O registro de um momento, congelando-o num presente eterno, leva à reflexão sobre o tempo. O narrador questiona que memória sobreviverá, décadas adiante, daquilo que se vive agora. Como nos dois contos anteriores, a distância entre vivência e lembrança causa lacunas e dúvidas, permitindo que o humano se sobreponha aos "fatos".

O mesmo acontece em "As queridas velhinhas" mas, aí, as protagonistas já estão mortas quando a história começa e só resta ao narrador imaginar suas vidas – o isolamento quase absoluto, a curiosidade dos vizinhos, a indiferença em relação ao mundo para além da velha casa que dividiram, sozinhas, ao longo da existência. E a elas não cabe qualquer espécie de contestação, nenhum gesto de desalento ou de raiva. É um terceiro quem manipula a sua memória. Mas além do narrador, que organiza as poucas informações que sobraram sobre as velhinhas, são acolhidas as vozes da comunidade, com suas versões desajeitadas e contraditórias.

A velhice, outro tema recorrente na obra de Salim Miguel, aparece também nos três contos com este nome, obras de seu volume de estreia. O jovem recenseador, em seu trabalho, se encontra com os idosos. A velhice, assim, é vista de fora, pelos olhos de alguém que ainda se encontra longe dela, mas que se mostra receptivo às suas experiências. Nesses três contos, como em "Um bom negócio", transparece novamente a sensibilidade do autor quando trata do mundo do trabalho. Participar do censo significa andar por horas a fio sob o sol, retornar várias vezes aos mesmos lugares, enfrentar a desconfiança ou a hostilidade de alguns. Mas, para o jovem, parece significar também a possibilidade de entrar em contato com outras histórias, alcançar lembranças de um passado que não é o seu.

Já "Ponto de balsa" e "Galo, gato, atog" mostram um emprego diferenciado da linguagem. No primeiro, temos um balseiro contando suas aventuras – o arriscado transporte de madeira pelos rios entre Brasil e Argentina. Num português contaminado de espanhol, ele narra travessias, batalhas e grandes perdas. A oralidade sem artificialismos impulsiona o leitor para dentro da trama, se vendo arrastado, ele também, pelas águas. Em "Galo, gato atog" é um artista a falar. Numa espécie de depoimento sobre o roubo de um quadro seu, ele discute o processo criativo, o problema da interpretação e da utilidade, ou não, da arte. Tudo isso num discurso alucinado, que transborda como os rios da outra narrativa, tomando direções inusitadas e se contaminando de poesia.

"Rinha" e "Sem rumo" são dois exemplos de contos "cinematográficos" de Salim Miguel. Num, a descrição de uma simples briga de galos toma proporções insuspeitadas pela riqueza de detalhes, movimentos e tensão que consegue transmitir. São cheiros, gritos, gestos e cores que invadem o leitor, conduzindo-o para dentro da cena, de onde pode observar tudo entre fascinado e chocado. No outro, não há descrições. Toda a força da narrativa se concentra nos diálogos entre um caboclo nordestino que chega à cidadezinha do sul do país em busca de emprego e um punhado de homens do lugar. O cenário é um bar e a conversa começa girando em torno das andanças do forasteiro, sempre com um quê de desconfiança rondando as perguntas que lhe são feitas, depois passa para os costumes locais, com vidinha morna da cidade pequena, os preconceitos e preocupações miúdas do dia a dia. A caracterização das personagens é feita com ditos e não ditos. Cada um dos presentes possui contornos próprios, evitando a dissolução das formas na caricatura dos tipos.

Nos dois últimos contos, "Amanhã" e "Pegadas na areia do tempo", podemos acompanhar o trabalho de transposição de personagens e situações que Salim Miguel realiza com frequência. Em "Amanhã", de 1979, quatro jovens pescadores se reúnem dia após dia planejando abandonar tudo e procurar a sorte em outro lugar, mas acabam adiando sempre o futuro, irremediavelmente presos às suas circunstâncias. "Pegadas na areia do tempo", de 1988, dá prosseguimento à história, narrando a morte, por afogamento, de um dos quatro amigos.

Do clima de expectativas e projetos, ainda que malogrados, do primeiro conto passamos a uma atmosfera pesada, de abatimento e desilusão. Como em "Sem rumo" – que mostra o lado daquele que parte em busca de um futuro que também não há – essas narrativas recortam trajetórias desglamourizadas, vidas cercadas de dificuldades e constrangimentos.

Como se pode ver pelos textos apresentados aqui, velhos, meninos, desertores, migrantes, loucos e desempregados têm abrigo na ficção de Salim Miguel. Além da preocupação com a linguagem, com a construção do objeto literário, o autor também se mostra empenhado com o elemento humano e sua dimensão social. Ao contrário de muitos escritores, que restringem sua obra ao drama das elites a que pertencem – econômicas ou intelectuais –, Salim Miguel transita por outras dores, outros sonhos, reconhecendo a força e a beleza de sentimentos que, quase sempre, nos são apresentados como uma caricatura grotesca, ou uma simplificação pelo exótico, de seres que estariam longe demais de nossa realidade de classe média para se parecerem conosco.

A justa combinação entre conteúdo humano e cuidado formal, a elaboração estilística que não aliena o leitor, o desafio de uma obra artística que se vincula ao mundo que a envolve, mas também não nega a necessidade de transcendê-lo – sobre esses delicados arranjos se equilibra o fazer literário. É uma busca antiga, mas que se renova a cada vez que um escritor se põe diante de uma página em branco, ou uma tela vazia. As narrativas de Salim Miguel reafirmam esse processo, mantendo vivos os compromissos estéticos e humanos da literatura.

Regina Dalcastagnè

CONTOS

O GRAMOFONE

Para Yussef-José, meu pai

A música repercute nas paredes, coleia, espraia-se para a noite lá fora, extravasa, sobe de tom, o ritmo vai se acelerando, atinge-me os sentidos, a melodia se alonga num lamento choroso como um ah-ah-ah pronunciado indefinidamente e que penetrando-me na carne me devolve o passado. Não consigo identificar aquela melopeia, corro. A música prossegue, me persegue, não sei mais se ela vem do sofisticado aparelho que mal diviso da minha meio-cegueira ou se a recupero de um mundo extinto. Levanto-me jovem, continuo, estou mais perto, a melodia vem do interior de uma casa de pedra, em volta dela pessoas agrupadas, outras acorrem de seus trabalhos, largam as conversas, irresistivelmente atraídas, querem ver-ouvir também. A casa do tenente. Arfando chego, bracejo entre as pessoas, olho pela janela: o som vem de uma caixa quadrada, escura, pesada, não tinha ninguém por perto cantando ou tocando, aquilo era mesmo da caixa estranha, esquisita. Foi a primeira vez que vi um gramofone, a orelha enorme se projetando para cima, a agulha rangendo sobre o disco, a cera, o som roufenho se alteando-baixando. O som. Agora vem puro, filtrado. Sim, Sérgio, é ele, o Sérgio Ricardo que me dizem se chamar João Lufti, talvez esteja aí a explicação. Mas para mim o som é idêntico ao antigo. Remexo-me na cadeira que comporta a quase totalidade das minhas horas. Forço a vista, quero enxergar as pessoas, os móveis, o toca-discos, quero me ver, meu rosto moreno curtido, velho de pergaminho, o nariz aquilino, os olhos fundos e mortiços, os olhos vivos e inquietos grudados no gramofone. O ano, tenho certeza, 1915. Plena guerra, cujos reflexos chegavam até aquela cidadezinha perdida no interior do Líbano, em Kfarssouroun, através do tenente. Ele a representava, era-lhe a imagem viva. A gente ouvia-o referir-se a ela, envergar o uniforme, manobrar, cochichar, de repente alguém se alistava, os dias passavam, a partida, choro dos parentes e amigos, outras vezes era uma pessoa que sumia, pensávamos o que fazer, o que podemos fazer, mas era um pensar vago e mole, como diante de algo inelutável, os reflexos presentes na falta de alimentos, remédios, roupas, notícias, tudo, refletidos no tenente, o homem que controlava a vida e a morte. Mas não se julgava o tenente, ser enigmático, pairando acima do bem e do mal, difícil de catalogar. Era, principalmente, o dono do gramofone. O dono da música, que agora me volta repetida na voz de Sérgio Ricardo, neste recanto de Biguaçu, Brasil, não, não na letra que desconheço, mas na melodia, no ritmo. Em redor de mim as pessoas se movimentam, sombras fugidias. Enquanto isso, ao lado do gramofone, mudando o disco, o tenente me (re)surge nítido, inteiro, o bigode caído, o rosto marcado, bexiguento, os cabelos alourados, o corpo magro, alto e rijo, um assobio de ofídio que lhe acompanha a fala rascante e dura. Era o homem de outras terras, que dali se apossara com poderes absolutos, conhecedor de lugares e gentes, tendo uma visão maior do mundo. Não pedia, mandava. Não perguntava, afirmava. A guerra é uma coisa, dizia, repetia a guerra é uma coisa, e aquela coisa na expressão dele adquiria significações insuspeitadas. Não se sabia muito bem qual a verdadeira função do tenente ali, a honra de nossa vila em hospedá-lo. Chegou, a ninguém prestou contas, logo determinou medidas, expediu ordens, controlou entradas e saídas, o comer e o beber, a modesta produção agrícola. O tenente, se cochichava a medo. O tenente, a mulher do tenente, os dois filhos do tenente, a filha do tenente, o ordenança do tenente, a barba cerrada do tenente, as roupas cuidadas do tenente, a comida especial do tenente, os dízimos do tenente, o que o tenente bebia, o passear do tenente à noitinha pelas ruelas seguido do ordenança, o gramofone do tenente. Nós, jovens, nos apaixonamos pelo gramofone do tenente, que jorrava torrentes de sons. Dispunha de umas cinco ou seis músicas, naqueles discos pesados, num idioma estranho mas que estranhamente lembrava o nosso, gutural, carregado, vindo do fundo da garganta, com agás imensos. Pouco nos interessava o que dizia a cantoria, ainda que entendêssemos algumas palavras que lembravam um dialeto perdido no tempo. Ou o nosso é que seria um dialeto? Nós nos embriagávamos era com o som, aquela melopeia roufenha – roufenha hoje – que nos embalava, nos transportando para lugares estranhos, aventuras, emoção reprimida e renovada. Deixo-me agora, sessenta anos passados, me levar pelo som, pela música, ela me traz de volta os meus dezoito anos, aquele viver pobre, solto, selvagem. Meus gritos repercutem ainda nas escarpas, assustam as cabras, irritam meu pai. Minha memória é mais ativa para aqueles dias do que para outros mais recentes, de ontem, de hoje. Ontem era "seu" João-dedinho, delegado-alfaiate, que chega, entra e me fala da guerra – que guerra? Depois é Ti' Adão, o preto velho com suas histórias. Hoje é meu filho, com problemas do momento presente que não me envolvem. Um presente que não é, nele não vivo. Revivo o antigo, quando parentes e amigos vêm me procurar. A música me envolve, me reconduz, e vejo nitidamente o casario pobre e desirmanado, as cabras que sobem a escarpa pulando no pedregulho, o leite adocicado, o requeijão, o pão imenso recheado de nada, de ar – que mais? Sento-me ao lado do que fui em 1915, o velho e o moço se observam a medo, se tateiam, se reconhecem-desconhecendo-se, se atraem e repelem. Levanto-me, caminho lépido, a poeira das estradas se infiltra em mim, no que fui e no que sou, tenho sede, bebo da água que não existe e ela refresca e dessedenta um jovem rosto de dezoito anos borrifado por uma torneira de hoje. Um cheiro ácido de leite azedo mistura-se ao perfume das macieiras em flor. Na engenhoca, a azeitona é triturada, o azeite escorre, boia, sobrenada na água encoberta pelo azeite o jovem rosto de dezoito anos. Agora é minha mãe que lava roupa numa tina. O braço se ergue e bate com força na roupa, o belo rosto se contrai, gotas de água se elevam e perdem, quero acompanhá-las. Retê-las. Inútil, tudo se evapora. Na casa em frente o remendão onde pratiquei uns tempos, mas não aguentou minhas birras, me olha assustado. Vem entrando meu pai, sacola ao ombro, mais moço do que eu. Meus amigos, projeto-me neles para me reencontrar. 1915. Tenho as datas mais ou menos definidas diante de mim, ao som desta melopeia procuro ordená-las. Os fatos desfilam. A música, agora, é una, indivisível. Mas os acontecimentos, embora em sequência lógica e nítidos, se fundem, recuam, avançam, vão se detendo numa época determinada. Determinada? A música não me larga, grudada à minha pele, entranhada no meu sangue. Agora o cansaço é maior, mergulho mais fundo no íntimo de mim mesmo. Aqui, donde estou, nesta cadeira que já faz parte de meu ser, o presente é ilusão, inexiste, o passado se faz presente, vive e vibra. Pouco a pouco vou largando os acessórios, recompondo a vila, como quem arma um quebra-cabeça. Fica o essencial. Ergo as casas, abro as ruas, animais circulam, vejo movimento e colorido, insuflo vida às pessoas, e lhes falo. Me aceitam com naturalidade. Interrogo-as. Anoitece. O movimento se concentra nas portas do casario, ruídos indistintos se perdem ao longe, o silêncio vem chegando com o último fiapo de claridade no horizonte. De repente, o grito. Agudo. A voz se alteia, paira, para no ar. O grito me repercute nos ouvidos, fere-me os tímpanos. Envolta em panos e gemidos, a mulher surge. Suas inúmeras mãos imploram. Não sei o quê. Tudo parou, até o último fiapo de luz permanece estático no céu. A noite total se nega a chegar. Só aquele grito existe, envolvendo-quebrando o silêncio. E a voz reboa, agora as palavras se atropelam, urgentes, o mundo voltou a girar, a noite se fecha, o timbre é suplicante ao mesmo tempo que exige, meu marido, a febre, os tremores de frio, o suor gelado, a mordida, mordido por um escorpião. As últimas sílabas são adivinhadas. Um soluço, a voz se quebra, se apaga. Silêncio. Ninguém se mexe. A música parou, preciso dela, há um tempo interminável que decorre até que o outro lado do disco seja devidamente colocado. Agora volta, lenta, pausada, grave. A voz insiste, retorna no ponto interrompido, suplica, implora, geme, ameaça, é preciso ir buscar o médico, com urgência, o médico para o tenente, o ordenança do tenente não se encontra na vila. As explicações vêm atropeladas, não sabe dizer ao certo onde ele mora, pode esclarecer que é naquela vila logo atrás do morrinho, pouco depois dos cedros, é perguntar, é só perguntar, todos devem conhecer o médico, insiste, o médico conhece muito bem meu marido o tenente, as mãos implorativas são agora garras que ameaçam, a voz é incisiva e ordena. Não é por medo, digo que vou. Eu vou. Nem sei por que me ofereço. Também não é coragem nem bazófia. São as mãos da mulher, os panos esvoaçantes brancos na noite, o timbre da voz, a própria noite que continua a nos envolver, o céu lá no alto, as árvores perdidas no negrume, e o desejo, principalmente o desejo de não mais ouvir aquele som esganiçado, de, em seu lugar, voltar a ouvir a música. Imagino-me o tenente na cama, tremor, febre, frio, calor, o rosto marcado coberto pela barba, a face vibrando tensa. Na vila, a indiferença das pessoas, um pouco mesmo de raiva contida extravasando, de sadismo, de satisfação pela angústia da mulher. Então o todo-poderoso tenente está mal. Ao redor dele, impotentes, a mulher, os filhos – a guerra. A guerra impotente. Perto dele, mudo, o gramofone. Sem o gramofone do tenente, sem a tutela do tenente, o que seria da vila, o que seria de nós? Voltaríamos a ser livres, certo, donos de nossos narizes. Mas o tenente, como tudo o que ele significava, passara a fazer parte da vila, da vida da vila, componente novo, elemento desagregador. De nada adiantaria ir-se embora. A imagem do que ele representava não sumiria com a desaparição física do tenente. Permaneceria sempre, mais ativa até. Logo outro, e outro, e outro, desabariam sobre nós. As mãos imploram, os panos esvoaçam, enquanto de minha cadeira reflito, peso, julgo, reconsidero. Professor Muniz morreu, me informa minha filha. Mas isto nada me diz, que professor é este? Ergo-me a custo. Lépido, ninguém me acompanha. A mulher me empurra duas cartas para as mãos, devo entregá-las ao médico, o médico conhece o tenente, é preciso que ele venha hoje, sem falta, tenho que descobrir a casa do médico, fica logo depois da fonte com seu jorro d'água, acordá-lo se estiver dormindo, procurá-lo se não o encontrar em casa, fazê-lo vir sem demora, sem falta, já. Nada retruco, a cadeira quer me prender, o corpo velho, dolorido, se recusa. Tenho que ir, *maktub*, pego nas cartas, vou me afastando. A vila sumiu. Embalo-me na cadeira, estou andando naquela rua de barro, embalo-me na cadeira de assento duro, cansaço, falta de ar, doente, sono, a música me embala, me leva, me arrasta, estou andando jovem-sem-medo, vou para o desconhecido, vou para a guerra, vou para a luta, vou em busca do médico que terá de me acompanhar, é preciso que ele venha e salve a vida do tenente, que ele venha e salve a vida do tenente, que ele venha. Que o gramofone volte a funcionar. Em torno de mim só a noite, só as árvores, e as pedras, e a fina poeira da estrada. O silêncio é quebrado pelo pio agourento de um pássaro noturno, pelo coaxar de um sapo. Tudo me envolve, tudo se completa, tudo faz parte de mim e do cenário que me envolve. Vou caminhando. Meu cajado me indica o caminho, manejo-o como uma espada. Dez, quinze, vinte minutos. A noite se fechou completamente, céu conturbado e sem estrelas. O caminho íngreme se distende diante de mim. Nem uma casa, uma pessoa, um animal. Só a noite. Só meus passos. Só o cajado a bater compassadamente no chão, eventualmente em alguma coisa, a me prevenir de que preciso me desviar. A última palavra que escutei foi o meu nome – Yussef – pronunciado por minha mãe. Agora, do meio das brumas, me chega um nome, José, um José que não consigo identificar. Eu não sou José, eu sou Yussef, tenho 18 anos, vou em busca do médico que precisa salvar a vida do tenente. Mas me parece que não caminho, ando-não-ando num torna-viagem incompreensível, a estrada ora se alonga ora encurta. Passei há pouco por aqui, este projeto de árvore foi o que vi, me atingiu como um soco este odor penetrante de azeite fervendo. E longa, lenta, reponta a melodia, fundindo-se. Agora entrevejo uma casinhola. Ela não pode existir aqui, neste trecho é impossível. Mas a casinhola é precisa, exata, real, autêntica, se destaca da noite com seu branco sujo, sua porta-janela. Ó de casa, ó de casa – vejo-me gritando. E a voz trêmula do velho de 78 anos no corpo do jovem de 18. Me revolto, repito com toda a empáfia da minha juventude eterna, ó de casa, ó de casa. Agora a voz sai clara, vibrante. Quem é? Sou um passante desconhecido que necessita de uma informação. A janela a meio se abre, um rosto cauteloso se entremostra, querem que me explique melhor. Explico-me. A janela se fecha, a porta range nos gonzos, pedem-me que me chegue. Parece-me que inspiro confiança. Meu rosto jovem, minhas palavras francas repassadas de sinceridade, a angústia que demonstro – tudo deve ter impressionado o dono da casa. Mas o dono da casa, ou a dona da casa, é minha mãe. Num ápice a reconheço. Uma mãe mais moça do que a imagino da minha cadeira, um rosto largo e franco, uns olhos enormes e sonhadores, as mãos calejadas de amassar pão e lavar roupa. Faz-me entrar. Abraça-me e me fala com uma voz que lhe desconheço. Pede-me, implora-me que não continue, os perigos da noite, bichos ferozes, estranhos seres noturnos, vou me perder, vais te perder, fica. Agora, à medida que fala, a voz é já a de minha mãe, mas o vulto que me aconselha é o do velho padre com quem aprendi as primeiras letras. Insisto em seguir, beijo-lhe a mão. Compreenda, dei minha palavra, a vida do tenente, tenho que chegar ao médico. Acaba por ceder. Leva-me até um pedaço do caminho, vai me explicando, devo seguir em frente, por aqui, calcular aproximadamente uns vinte minutos, não tomar nenhum desvio, aí então vais chegar até uma passagem chamada o portão, depois de o atravessar estarão diante de ti três caminhos, um para a frente, um para a direita, um para a esquerda, toma o da esquerda, e continua. Agradeci, mas minha mãe insistiu, ela de novo, fica aqui hoje, volta comigo, me escuta, a voz de minha mãe naquele corpo do velho me metia calafrios, vais te perder, dorme aqui esta noite, meu filho, meu filhinho, ao começar a amanhecer sais, é mais certo e seguro, a voz chorosa, que surpresas podes encontrar pela frente nesta escuridão, mas eu resisti, pedi a bênção, abracei-a, agradeci e continuei, o choro naquele rosto que ia se metamorfoseando, a voz pausada do padre, o rosto doce de minha mãe, estuguei o passo, vontade de ficar, de me ir logo, de cumprir o prometido e voltar aquela noite com o médico. A paisagem se modifica. O caminho se estreita. As árvores baixam seus ramos, querem me prender em seus liames, afasto-as com meu cajado. Os troncos rugosos escondem mistérios insondáveis. Agora é uma paisagem luxuriante, num outro mundo, estou sentado à janela e observo o rio escorrer lento, nele refletido meu rosto de meia-idade. Anoitece. Com a noite pessoas chegam. Falam-me. Retruco-lhes. Minha voz me soa desconhecida, numa outra língua, palavras estranhas se misturam com as minhas velhas conhecidas. Lá de dentro da casa vem o choro de uma criança, uma mulher fala-lhe numa voz doce mas eu não reconheço o idioma. Irrito-me. Não, não devo desconhecer. Levanto-me, me encaminho para o interior da venda, acendo o lampião, fico sentado, pensativo, quieto na terra distante. Ouço vozes. Alguém entrou, me diz "seu" Zé, a guerra está braba, mais navios foram afundados nas costas brasileiras, Hitler quer mesmo dominar o mundo. Hitler ou o Kaiser? O homem gesticula, ergue a mão, e eu vejo que lhe falta um dedo, mas logo minha atenção é desviada para um preto velho que me cumprimenta num linguajar que me soa falso. Na minha vila natal não existem pretos. Tremo de pavor, mas continuo. Algo me empurra para diante. Mesmo não saberia voltar, ainda que desejasse. E, de repente, eis o portão. Rasgado na rocha. As nuvens se afastam, um pedaço de luz clareia a estrada, vejo a paisagem. De um lado e do outro, os pedaços da pedra sangrando. Antes e depois, as árvores, troncos rugosos, folhagens compactas, que adquiriram um tom verde-preto-azulado-luminoso. Atravesso o portão, deparo com as três vertentes. Tomo a esquerda. Imediatamente o céu torna a se fechar, o negror é compacto, parece-me que bracejo num negrume que me sufoca. Quero respirar. Sigo adiante, é só o que posso fazer. Impossível tentar a volta, esperar entre as pedras, deter-me. O portão sumiu, se fechou, está invisível, não mais existe. Terá existido algum dia? Mexo-me na cadeira, inquieto, interrogo-me, procuro reativar a memória tão lúcida para o resto, há um vazio, o que teria ocorrido com o portão? Não sei. Continuo andando, inconscientemente. Vou pelo faro, por um sexto sentido, guiado pelo instinto de conservação. Está escrito, sei que preciso continuar andando, não posso me deter nem um segundo sequer. Um som fino me fende a nuca, me segue. A estrada volta a se estreitar, galhos de árvores me barram o caminho, me procuram para me agarrar, querem me reter ali. Bato-lhes com o cajado, me livro e prossigo. Vou andando, não sei para onde nem por quanto tempo. Cantarolo ou rezo. De vez em quando as nuvens se afastam e uma vaga claridade desce do céu, banha as árvores que se recolhem às suas imobilidades, passeia pelas pedras, reflete-se na estradinha. Um pássaro agourento pia, ruídos indistintos se misturam e fundem na noite que logo os engole. Vou leve, o cansaço passou, cantarolo uma velha melodia, é como se eu estivesse sendo carregado. Numa curva do caminho vejo uma casa alta, murada. Cães latem. Me aproximo. Ó de casa, ó de casa. A mesma cantilena, minha voz reboa no silêncio, açulando os cães. Uma cabeça se debruça para fora e me interroga. Explico outra vez tudo. Novamente a mesma proposta. Recuso-me a ficar ali até o dia seguinte. Posso sair de madrugada. Não. Curvam-se à minha vontade, vêm as explicações. Em lugar do portão cortado na rocha, são duas árvores irmãs, dois cedros, ambos de um lado só. Me dizem, anda aí por perto de uns dez minutos, vais encontrar estas duas árvores enormes numa elevação, passa ao lado delas, verás três veredas, uma em frente, a outra para a esquerda, a última à direita. Toma a da direita e segue reto. Pouco depois vais dar num vilarejo, no começo dele uma pracinha com um esguicho de água cercado de um lado por arbustos. Atravessa a pracinha pelo lado contrário, não te detém para nada. Do outro lado, em posição reta como esguicho encontrarás uma rua. Sem saída. É a rua do médico. A casa dele é a última, fechando a rua lá no fim, andando uns minutos. Não tens como te enganar. Agradeço, sigo as indicações. A noite se torna menos escura, estrelas piscam, a lua minguante me mostra o caminho. Me mostra as duas árvores, o vilarejo, a pracinha, a água jorrando rodeada pelas árvores baixas. Sem refletir paro, molho o rosto, as mãos, o pescoço. Bebo uns goles. A lua se esconde. A água está gelada, me faz bem, me distrai. Estou debruçado, bebendo. De repente, me sinto agarrado, esmagado. Forcejo por me libertar. Não via nada. O ar me falta. Um silvo que é um riso áspero me apavora. Tateio com a mão livre. O cajado. Encontrei-o. Começo a bater em algo mole, viscoso, folhudo. Com ânsia, com fúria, com pavor. Estou vergando, beijo o chão, procuro resistir, me ergo, bato com desespero não sei no quê. Sinto o silvo e um bote. Braços escamosos e visguentos me envolvem, apertam. Forcejo. Não sei como consigo me livrar, afasto o corpo. Não vejo nada, mas bato. Bato. Quanto tempo lutei ali não saberia dizer. Cheiro de sangue, de erva esmagada, de suor. Num safanão mais brusco saio correndo, surrando o ar com meu cajado, arfando, suando, o corpo moído, uma perna dolorida. Contornei a pracinha pelo lado contrário ao renque de arbustos ramalhudos, continuei a correr. Desnorteado. *Alah Akbar* – era o que eu pensava. Só fui parar em frente à casa de pedra no meio do parque, cercada por árvores frondosas. Eu tremia. Capengava. Procurei me recompor. Numa espécie de pudor sem explicação, não queria contar ao médico a minha aventura. Fiquei escutando a canção que vinha da casa e me apaziguava. Dei tempo até me acalmar, limpei a poeira, tirei folhas grudadas no cabelo, examinei o cajado. E só então gritei ó de casa, ó de casa!

Um vulto se levantou da varanda, me fez sinal, pedindo que me aproximasse. Lá dentro a voz se calou, não retornou mais. Era o médico, ele mesmo. Largou o livro que lia, mandou-me entrar mal lhe disse as primeiras palavras. Não me expliquei mais, entreguei-lhe as cartas. Leu-as atentamente. Observei-o: era alto e magro, meia-idade, nariz adunco, vasto cavanhaque, rosto fino e marcado, careca incipiente. Mãos de dedos longos que cofiavam o cavanhaque enquanto se detinha numa ou noutra palavra. Terminou, fitou-me, pediu que me sentasse, disse então sempre conseguiu chegar. Sentei, me fez mais meia dúzia de perguntas, se deu por satisfeito. Fitei-o, interrogativo. Já jantou? Não! Então vamos providenciar. Mas doutor... e o tenente... Não me prestou atenção, chamou, veio um velho atendê-lo. Pediu que me preparasse alguma coisa para comer. Para ele, encomendou um *narguilé*. Do interior da casa, nem um ruído. Não demorou e silenciosamente o velho voltou com pratos e um tamborete. E enquanto eu comia *tabule* e bebia um *baraq* que me incendiava por dentro, ele chupava o seu *narguilé*, a água borbulhava, leves camadas de fumaça se elevavam para a noite. Vamos, eu disse quando acabei. A resposta demorou, escorreu lerda por entre as nuvens de fumaça, não, hoje não vamos, vamos é dormir, saímos amanhã bem cedo. Eu insisti, contestei, teimei, quis resistir, que havia prometido à mulher do tenente, os perigos que enfrentara para chegar até ali, mas ele foi incisivo e dogmático, você cumpriu bem a sua parte, me encontrou, conseguiu me entregar as cartas, mas nem elas nem você me convencem a viajar hoje de noite. Repouse, fez muito bem a sua parte. Chamou de novo o velho criado, mandou que tirasse os restos de comida, me preparasse a cama. Devíamos ser acordados bem cedo, o cavalo dele precisava logo estar encilhado, queríamos partir antes de o sol nascer. Me lembro muito dessa noite tumultuada, tudo me ressurge rápido e violento, eu via a mulher do tenente, ouvia seu grito, me encontrava caminhando, o cansaço dominandome, a casa com minha mãe que era o padre, o portão se abrindo-fechando à minha passagem, o esguicho d'água, os arbustos, a luta, o estranho animal, homem, serpente, sei lá, os odores se fundiam, a teimosia do médico, o tenente, a guerra, o ribombar dos canhões que eu nunca ouvira, escutava o grito da mulher do tenente, o Yussef de minha mãe, me encontrava caminhando, a paisagem luxuriante e o gargalhar do preto velho, pitando e bebendo, aspirando o cheiro da noite, ouvindo o gramofone com sua melopeia que envolvia o mundo e a noite devolvendo-me a paz. Não sei quando afundei num sono sem sonhos, até que me vi — segundos, horas, meses, anos depois — sacudido, e abri os olhos com um rosto enrugado debruçado sobre mim. Era o velho criado. O médico já estava de pé, tomando o seu desjejum. Me fez um sinal. Sentei, acompanhei-o. Saímos para a neblina que encobria a casa e as árvores, uma névoa leitosa, pegajenta, grossa. O médico montou, partiu, me fez um sinal. Acompanhei-o ao passo lerdo do animal. O sol não tardou a surgir, varava a névoa com vigor, dissolvendo-a. Perto do esguicho d'água, ainda semienvolto naquele manto esbranquiçado, o médico me fez parar, olhar para o chão. Galhos quebrados, folhas arrancadas. Mais nada. Olhei bem. Me disse, que luta, está vendo, o que seria? Eu nada retruquei. Segui-o ao trote manso do animal, vendo o suor aos poucos porejar-lhe por entre a pele. Meu suor também porejava. As árvores corriam, as pedras, as casas, as ruelas, não era eu quem andava num passo estugado ou lerdo, eram as árvores, as pedras, as casas, as ruelas. De vez em quando o médico se virava, me instigava, me fazia um sinal, vamos, vamos, como se quisesse recuperar o tempo perdido. Não vi o portão, não enxerguei a casinhola que abrigara minha mãe e/ou o padre, teríamos feito outro trajeto?

Vira, porém, a vila, a segunda casa, as duas árvores irmãs, cedros enormes. A volta me parecia mais rápida, o caminho mais curto, o morro menos abrupto. E logo, depois de uma curva, o nosso vilarejo. Parecia morto, vazio, parado. O trotar do cavalo reboava no barro duro, seguido pelo bater de meu cajado. Cabritos fugiam pela escarpa. Sem que eu fizesse qualquer sinal indicativo, o médico se encaminhou para a casa do tenente. Parou, desceu, pediu que eu segurasse o animal. Arfávamos ambos, o bicho e eu. O médico dirigiu-se para o pequeno portão emoldurado por folhagens e uma única flor, vermelha, agressiva. Abriu-o. Antes que ele avançasse surgiu o mesmo rosto que eu entrevira na noite anterior, as mesmas mãos múltiplas, os mesmos panos esvoaçantes. A cena ficou fixa, gravada para sempre dentro de mim. Os passos do médico sendo barrados pela figura e pela voz inexpressiva: o tenente acabou de morrer.

UM BOM NEGÓCIO

Arfava, capengando. A estrada, elástica, era de musgo, pegajenta, fechava-se em torno dele, pés e mãos se grudavam, forcejava bracejando, queria se libertar, prosseguir, escapar. Esforçava-se. Perseguindo-o, o exército de pigmeus, couraças amareladas, lanças em riste. Aproximavam-se, ameaçadores. Debateu-se. Gritou. O grito reboou no verde-musgo, perdeuse. Via-se cercado, acicatado. Sufocava. Uma dor mole e cinza por todo o corpo. Debateu-se mais, ia afundando, perdia os sentidos, flutuava. Agarrou-se a algo visguento. Um fedor enjoativo a mijo nauseou-o. A ponta de uma lança, rija, machucou-o. Outra. Mais outra. Vinham de todos os lados, atingiam-no em todas as partes do corpo. Começou a rir, um riso histérico, que o vergava. Acordou. O corpo dolorido, moído. Derreado num banco duro de praça, olhou em torno. Passou a mão no rosto. A barba áspera, por fazer. Coçou-a. Um gosto amargo na boca, mal-estar, fome, sede. Cuspinhou. O cuspe veio grosso. Observou-o: pousara num montinho de grama, amarelento, foi sendo absorvido. Levantou os olhos. Anoitecia. Nuvens pressagas, pesadas, corriam de um lado para o outro. O vento assobiava nas árvores. Ficou assim, imóvel, atento. Circunvagou os olhos. O rio deslizava plácido, pessoas estugavam os passos, luzes se acendiam. Ouviu vozes estranhas, um som rascante, arranhado, que lhe feria os tímpanos. Lembrou-se de tudo.

Forte, irritante, vem do porão o cheiro de camarão seco. A fedentina enjoativa invade a casa, fixa-se nas pessoas. Na bodega, dando para a ruela pobre, o rio correndo ao lado, fregueses tomam goles de cachaça, de um saco apanham mancheias de camarão muito salgado, mastigam, cuspinham. Naquele mormaço de fim de tarde, o suor escorre, empapa as roupas sujas, as palavras saem lerdas, modorrentas. No porão cães latem perseguindo um gato vadio que mia assustado. Sentados em caixotes de sabão Wetzel, os homens comentam as novidades do dia, falam da guerra, que se prolonga, dizia-se que um submarino alemão aparecera nas imediações da praia de São Miguel, pertinho de Biguaçu, era preciso patrulhar as ruas, distribuir armamentos, tomar cuidado com o padre de fala arrevezada, integralista que defendia Hitler. Uma voz cantante interrompe o papo, dá boa-tarde "seu" Zé, é mais um pescador a oferecer seu produto, camarão bem seco, tenho um pouquinho fresco também, sete barbas, quer-quer, enquanto pede me bote uma baga da queimante volta a insistir diante da negativa, "seu" Miguel me pague só um mil-réis o quilo que não vai se arrepender não. A resposta, Alah, eu juro por Deus não posso, o que vou fazer com tanto camarão, o porão está cheio quer ver, sacos e sacos, a venda caiu, reflete-se no rosto curtido do pescador. Desanimado retruca camarão seco bem salgado e que apanhou bastante sol aguenta muito tempo, logo-logo vai faltar ele no mercado, a safra está no finzinho, acabando ela como vai ser me diga, o senhor guarde que ganha uma grana firme. Mas cadê o dinheiro agora pra comprar, estou quebrado, depois, nem tenho onde estocar, veja o porão atopetado. Insistindo o pescador, vá por mim "seu" Zé Miguel não seja tanso, depois vai se arrepender, ele pega e vira de um só trago a cachaça. Puxa um caixote, senta-se, se encosta na parede úmida e cheia de reclames de remédios, cartazes coloridos. Aceito trocar por gêneros, começa, mas ouve "seu"

Miguel interrompê-lo dizendo que tentara colocar parte do produto estocado em Florianópolis. Em vão. Fora depois ao Alto Biguaçu, a Angelina, ao Pagará, ao Rochade! Inútil! Uns carnívoros, queriam era sempre mais carne, e de gado, nem ave aceitavam, diziam peixe e camarão não mata fome, coisa exótica e esquisita, luxenta. O que mata a fome "sô" Zé-gringo (sabiam que ele detestava aquele "sô" Zé-gringo) é um pirão-de-farinha-de-mandioca com uma boa fatia de carne seca passada na brasa, antes uma aguardente da velhinha e depois uma cervejinha pra rebater. A custo este ficara com dois quilos (uma extravagância!), aquele com setecentos e cinquenta gramas, outro aceitava uma troca. Havia o que pegava um punhado, provava meia dúzia de camarões secos, fazia uma careta e cuspia dizendo muito sal, gosto esquisito, cheiro de mijo velho. Ele tocava o magro cavalo para diante, as rodas da carreta ringiam no barro ou afundavam na lama. Voltava com a carreta carregada, nauseado com o cheiro sempre mais penetrante, e ainda umas abóboras que trocara por camarão, litros de cana, uns quilos de farinha de mandioca, dúzias de vergamota. Agora é o lusco-fusco, a bodega se enche de novos fregueses saídos do trabalho, que transpiram muito. Quase nada compram, não têm com quê, querem fiado, nem ligam para o aviso em letras graúdas que as moscas pintalgaram "fiado só amanhã", se cumprimentam, tarde "sô" Maneca, vai bem "seu" Juventino, a mulher arribou Antenor, Deus seja servido cumpadre Vicente, são as classes mais pobres da cidade, moram nos arrabaldes, trabalham em fabriquetas, numa pesca de subsistência, na terra pobre como eles. O suor pesado sufoca, asfixia. Descansam um momento antes de irem para suas casas, para a reclamação da mulher e o choro dos filhos.

"Seu" Miguel olha-os e pensa nas dívidas se acumulando – daqueles homens para ele e dele para com os outros, os fornecedores, o fisco, o dono da casa – como sortir o armazém, onde arranjar dinheiro, bancos fechados, ninguém mais fia. Os negócios vão de mal a pior, despesas aumentando, filhos aumentando – já são seis – necessitados de um tudo, cadernos e livros, roupas e sapatos, o inverno se aproxima, dias e dias de um frio intenso, chuvinha miúda, as ruas brancas de geada são brasas nos pés, por enquanto é ainda calor, que vem junto com a poeira, transformado em filetes de suor, desce dos rostos, pinga no assoalho, ensopa a roupa. Ti'Adão fala, todos escutam, estão de oiças atentas ao que ele diz, é o oráculo das imediações, dá conselhos, dá rezas, oferece poções e mezinhas, amuletos, conta causos de antanho, bebe, pita o seu palheiro, cuspinha, rememora a escravidão, época de lutas e sofrimento pro seu povo, lembra do derradeiro amo, relata estórias de tesouros perdidos e como descobri-los. "Seu" Serafim, voz esganiçada, nervoso, interrompe-o e matraqueia na mesma tecla, prossegue escavando suas terras, covas se juntam umas às outras, um dia vai achar o tesouro enterrado, a vida vai mudar, vão ver, Rubinho-meu-filho acaba acertando como lugar certo, foi nas minhas terras que os piratas enterraram seus dobrões em arcas de cobre, piratas espanhóis do tempo de Cabeza-de-Vaca, sabem, Rubinho-meu-filho sonha, vê os piratas chegando, descendo dos galeões, mas aí algo interfere, Serapião reclama que da pescaria não se vive mais, nem se morre, ri mostrando os dentes cariados, precisamos é inventar outra fonte de renda, minha salvação é mesmo o jogo do bicho, acertar um milhar, tascar a centena, ganhar uma bolada, ontem por pouco, um número só e eu ferrava o milhar, pra hoje eu tenho um palpite infalível, cavalo na cabeça, mas me faltou grana pra jogar, nem quer saber o resultado. Frederico olha a mão cheia de verrugas, Ti'Adão não deu jeito, que vou fazer, pensa na terrinha pobre, necessito adubá-la, a mulher insiste vá consultar "seu" Jacinto Silva, de Pagará, o homem está fazendo milagres. Lauro-barbeiro pede a saideira, vai pra casa ver o filho adoentado, umas sezões, precisa depois passar na casa amarela falar às duas irmãs, ou passa antes? "Seu" João-dedinho, delegado-alfaiate vem chegando, diz me dá uma meia dúzia de cerveja, quer uns voluntários para patrulharem as ruas. Entra um novo freguês, é o Joca-da-Benwarda, pede duzentos e cinquenta gramas de café, depois a mamãe vem pagar. Muito mais tarde, deitados lado a lado, insones, marido e mulher voltam à conversa do almoço, ela insiste, é preciso vender o camarão, ao menos uma parte, loucura mais de trezentos quilos estocados, dinheirama empatada e eles tão precisados, vender como, pra quem mulher, te esqueces que o camarão está estocado também por falta de comprador, e que uma parte havia sido adquirida em troca de gêneros, outra de dívidas. Um impasse. Com o recrudescer da guerra, o armazém ia de mal a pior, tudo faltando, o dinheiro não circulava. Apertavam o cinto, economizavam nas menores coisas, a mulher se desfizera de umas joias de família trazidas da terra, o marido suspendera a assinatura do jornal que lhe contava notícias do mundo, de sua pátria distante, daquele Líbano que para ele era o de 1927 quando deixara sua terra e viajara para o Brasil com tantas esperanças, o filho mais velho fazia fretes, levava passageiros ao trote do velho cavalo, na carroça fedendo a peixe-camarão, para Ganchos, Tijuquinha, São Miguel, os mais moços ganhavam uns trocados escalando peixe na peixaria de "seu" Mendes, limpavam a chácara de "seu" Galiani em troca de umas frutas bichadas. Mas isso não chegava nem a ser paliativo. As dificuldades aumentavam, mesmo para quem possuía dinheiro, os gêneros, os alimentos sumiam. Agora na casa silenciosa, o casal discute, não chega a uma decisão, não encontram saída. O vento sopra. O tempo vai mudar. Passos reboam. Logo, as cordas de um violão. Uma voz, lá fora, distante, se eleva, coleia, flutua. Acorda patativa. A melopeia se aproxima, vibra, depois vai se perdendo, o casal parou de discutir, fica ouvindo. Ao som do meu saudoso violão. O sono chega. Na dormência que o domina "seu" Miguel pensa, "está em Kfarssouroun, Líbano, outra guerra, é 1915, o tenente, o gramofone, a música, a noite na vila, levanta-se, já vou, um pensar vago, diluído, sente que a mulher já dormiu, ele gostaria, queria esperar mais um pouco, o camarão aguentava, e como dissera aquele pescador poderia logo-logo dar um dinheirão. Será? A mulher insistia na venda imediata, o produto acabaria se estragando, não via aquele cheiro de mijo, empestando tudo! Depois, passara no armazém um senhor de Itajaí, viu o camarão, provou, gostou, achou que lá era fácil colocá-lo, no mínimo cinco mil réis o quilo, trezentos quilos, daria mais ou menos um cento e quinhentos; mesmo pagando passagem, frete, despesas com hotel e refeição, ainda deixaria um bom lucro. Não compro porque estou indo à capital, vou me demorar uns dias em Florianópolis. Se não... O homem mexe a cabeça, a reticência é significativa, a mulher se impressiona, que interesse tinha aquele senhor em mentir. Ele ainda titubeia. E se não vendesse? Não vender como, homem de Deus! Acabou cedendo, também não via outra solução. E a verdade é que uma parte do camarão estava entulhada no porão havia algum tempo. Naquela umidade, sacos amontoados, abafados e sem ventilação, poderia acabar se estragando. E aí, nem o muito nem o pouco. Aquele fedor se acentuava dia a dia, invadindo a casa toda, empestava o ambiente, extravasava para a ruela. Decidiu-se. De manhãzinha foi ao escritório da empresa de ônibus, a passagem mais o transporte lhe tomaria quase tudo que possuíam. Ia torrar as modestas reservas. Valeria a pena arriscar-se? Fez os cálculos. Deixando uns trocados para mulher e filhos se aguentarem meia dúzia de dias, dava para ele chegar até Itajaí, vender o camarão, voltar com um saldo apreciável, pagar algumas dívidas mais prementes, comprar um pequeno sortimento para o armazém. Estava resolvido. Sairia na manhã seguinte. Desceu ao porão com os filhos, ratos corriam, baratas subiam pelas paredes, a morrinha sufocava, a umidade invadira os sacos que se encontravam ali há mais tempo. Contou-os, fez os cálculos. Sim, mais ou menos trezentos quilos, a cinco mil réis o quilo daria um bom dinheirinho; que ia chegar no momento oportuno. Quem sabe conseguiria mais? Não ia entregar de mão beijada ao primeiro que aparecesse. Se o homem dissera ser a hora certa para vender é porque sabia. Vinha de lá não vinha? Era de Itajaí. Talvez o preço pudesse chegar a sete, oito. Começar pelos varejistas. Ganharia mais. Um atacadista ia querer barganhar, ganhar à custa dele, para poder revender aos varejistas com lucro maior. Então ele mesmo faria essa venda. Seria mais trabalhoso, sabia, talvez demorado, certo, mas o lucro compensaria. Durante todo o trajeto viera fazendo cálculos, sonhando, houve um momento em que perdeu as perspectivas, o camarão seco resolveria os seus problemas financeiros. Venderia a oito, nove, dez mil réis o quilo. Trezentos quilos, a dez mil réis o quilo, três contos de réis. Pagaria as dívidas; não, não, reinvestiria tudo, compraria quatrocentos, quinhentos, mil quilos de camarão seco, abriria um posto de venda em Itajaí, passaria a exportar, sim, como não se lembrara antes, a exportar para a Argentina, a França, os Estados Unidos, o diabo. O mundo estava faminto. Empresaria pescadores, apanhariam camarão só para ele. Compraria barcos mais apetrechados. Era a solução. Com a guerra, a fome no mundo, camarão seco seria, seria não, é, sim, é um bom negócio. Já se via numa casa sua, com um armazém sortido, a mulher livre da trabalheira, contratando empregadas, os filhos bem abrigados do frio. Quando chegou a ltajaí estava decidido. Não entregaria ao primeiro. Deixou os sacos no depósito da transportadora por umas horas só – começou a percorrer o comércio. Dia quente. Sem uma aragem. Suava. Logo sentiu necessidade de tirar o paletó, afrouxar a gravata. A empreitada lhe pareceu mais difícil do que imaginara. Ninguém queria saber de camarão seco, os varejistas estavam abarrotados de camarão, a crise ali era a mesma, tive que aceitar em troca de dívidas dos pescadores, tive que trocar por gêneros, além do mais o povo tinha camarão fresco, mas também aqui preferia carne verde, enfrentava filas sem fim para comprar meio quilo de alcatra. Parou para o almoço, derreado. O sol a pino vinha fustigá-lo, do rio subia um vapor quente, sufocante. Aquele calor úmido era insuportável. Sentou-se no restaurante acanhado, pediu qualquer coisa, uma cerveja. Comeu sem fome. Depois lhe deu uma moleza, vontade de deitar. A perna lhe doía. Ficou-se ali a ver as barcaças subindo o rio. Sonolência, via-se transplantado para sua terra natal, vilazinha do Líbano, era noite. Na melopeia que ele reconhecia, longe, surgiu uma voz de mulher, meu marido o tenente, salvem ele, os panos esvoaçantes, as mãos, garras, os mistérios da noite, a caminhada, pavor. Andou, as árvores se fecharam, ele via sua mãe, o padre, a rocha se abrir, as veredas, atravessou, a abertura sumiu, coaxam os sapos, o cajado no barro duro, agora batendo no arvoredo, a luta, preciso me libertar, sufocava com a pressão e o cheiro de sangue, engasgado com o *harak*, com a fumaça do *narguilé*, a perna doía-lhe mais, nunca ficara boa. Ergueu-se, cansado. Pagou, saiu. Mormaço. Uma trovoada se anunciava. No fim da tarde ainda não conseguira colocar um quilo sequer. A chuva apanhou-o na rua, encharcou-o. Procurou uma pensão, lavou-se, estirou-se na cama, nem saiu para jantar. Fez os cálculos. Economizando, tinha dinheiro para mais dois dias. Mas era impossível, no dia seguinte venderia o camarão, parte dele ao menos. Dormiu imaginando como iria fazer, procuraria logo um atacadista ou continuaria com mais alguns varejistas, donos de armazéns, de botecos, de restaurantes. Se fosse preciso iria de casa em casa, oferecendo. Um quilo aqui, dois ali. Não pediria mais tão alto: sete mil réis o quilo. Não, sete não, seis, seis mil réis estava bom. Ou cinco, ele não viera pensando em cinco? Deixasse de ser ganancioso. Levantou-se cedo, cansado, era como se não tivesse dormido – no entanto dormira de um sono só, e sem sonhos, pesado como uma pedra. Pagou, tomou o magro café, saiu. Ao meio-dia sentiu o desespero invadi-lo. Enxotou-o, irritado. Desespero por quê? Iria procurar de uma vez um atacadista, colocaria logo os trezentos quilos, todos, hoje mesmo voltaria para Biguaçu. Pronto. Um conto e quinhentos. Gastara uns duzentos mil réis. Ganharia ainda mais da metade. Somando dívidas incobráveis, trocas, o camarão custara uns trezentos. Ótimo. Mesmo que vendesse por um pouco menos. Chegou a noite e nada. O camarão seco da amostra em suas mãos transformara-se numa pasta fedorenta. Foi ao depósito da transportadora, se explicou, pediu mais um dia, apanhou uns quilos de camarão novo, escolheu os mais bonitos, mais duros. Agora sim. Amanhã. Não almoçara, não jantou. Era inapetência e era também economia. Tomou café com leite e pão com manteiga que lhe ficou balançando no estômago, arrotava, azia. Voltou à mesma pensão. O cansaço lhe pesava mais, a perna lhe doía mais. Estirou-se vestido mesmo, repousaria um pouco, depois se levantaria, se lavar, um banho lhe faria bem, dormir, esquecer. Acordou quando já amanhecia, os primeiros ruídos se faziam ouvir, o som angustiante do apito de um navio que partia, os sinos da igreja anunciando a hora da missa, convocando os fiéis à oração. Hoje teria de resolver tudo. De qualquer jeito. Saiu, pensou em entrar na igreja, apelar. Depois da visita aos primeiros atacadistas sentiu que era inútil, riam-se dele. Estava perdendo tempo, gastando os últimos trocados. Que fazer? Voltar a Biguaçu? Impossível! Tinha duas opções: Blumenau e Joinville. Dirigiu-se à transportadora. Ali, num golpe de sorte (ou teriam notado o desespero dele?) conseguiu colocar trinta quilos para os empregados. A dois mil réis o quilo, dava sessenta mil réis. Este dinheiro lhe caía do céu. Fez novamente os cálculos. Daria para chegar a Blumenau, e ainda lhe sobrariam vinte mil réis. Um caminhão saía naquela noite. Economizaria a pensão. Para Joinville só no dia seguinte e não lhe sobraria nada. Optou – uma opção forçada – por Blumenau. Deixou-se levar. Talvez não escolhendo, ele tivesse mais sorte. Longe do mar, era impossível que lá não conseguisse se desfazer do produto. Por qualquer dinheiro. Viajou no caminhão, encolhido ao lado dos sacos de camarão, tonto com aquele odor a mijo que se fazia mais penetrante. Não procurou pensão. Dormiu mesmo no depósito da transportadora. Ao amanhecer lavou-se, barbeou-se, tomou um café reforçado, sentiu-se de ânimo novo. Isto é o que devia ter feito, vir direto a Blumenau. Também, que cabeça a dele e da mulher, vender camarão seco logo em Itajaí, um porto, onde todo o santo dia atracavam barcos e barcos atopetados de peixe e camarão. Agora era outra coisa. A alemoada devia adorar um camarãozinho seco bem salgado com chope. Ia ser canja. Ao fim do segundo dia estava sem vintém, dormira numa pensão infecta ouvindo a noite toda o gemido dos que se amavam. Não podia mais escutar a palavra camarão. Nem via saída. Debruçando-se nas águas do rio, a noite chegara. Acompanhava sua sombra se perder na correnteza. A cidade voltava à calma. Ele perdera a noção do tempo, das coisas. O rio parecia-lhe o mesmo de Itajaí, as mesmas águas barrentas. Ou seria o seu, tão conhecido, de Biguaçu? Passos lerdos, sem rumo, foi se afastando, pensou na mulher, devia estar preocupada sem notícias dele, saíra para voltar no dia seguinte, nos filhos, novamente na mulher, também sem dinheiro, agora com uma pontinha de raiva, viu-a surgir, gritou foi por tua causa, a voz se alteou e repercutiu, a mulher retrucou mas eu, numa voz gemida, tu sim, tu, que ideia de vender camarão em Itajaí, eu pensei choramingou; gritou mais alto que tinhas de te meter, pensei é, e agora hein, pensa agora. Bravejava, esbravejava. Foi preciso que a voz repetisse "seu" Miguel, "seu" Zé Miguel. Olhou. Era o motorista que o trouxera de Biguaçu, conhecido antigo de parar na bodega para tomar um cafezinho e bater papo. Que faz aqui "seu" Miguel, o motorista continuava, como se foi de Itajaí, vendeu todo o camarão, veio passear em Blumenau, fazer compras ou ver as galegas. Cinco minutos depois explicava ao agente da empresa de ônibus o que lhe estava acontecendo, ajudado pelo motorista que o transformara num grande comerciante de Biguaçu. Queria um empréstimo? Pois não. De quanto, quinhentos mil réis? Não, nada disto. Quanto então, levasse o que precisava. O transporte do camarão e uma passagem para ele até Joinville sairia por quanto? Oitenta mil réis. Então me empresta cento e cinquenta, desconte os oitenta, sobram setenta, dá, chega, assinava um papel, mandaria o dinheiro de Biguaçu. Que levasse os quinhentos, sabe como é, em viagem, imprevistos, poderia precisar. Recusou, agradeceu, pegou a primeira condução. Era impossível que não conseguisse vender a mercadoria em Joinville, recuperar o que gastara, lá o produto custava mais a chegar do que em Blumenau. O motorista é o seu velho conhecido, quer animá-lo, vai ver "seu" Miguel, em Joinville venderia logo tudo, com um bom lucro, não se preocupasse, vou lhe ajudar. Era um mulato alto, desdentado, de riso aberto e franco. O carro canta nas curvas, o motorista não para de falar, adora o som da própria voz, conta histórias, conhece cada buraco da estrada, curvas e pontos de parada, é dono de um entusiasmo contagiante, inexplicável. Indicou-lhe uma pensão em Joinville, levou-o até lá, fez questão de apresentá-lo à dona, amiga velha, louraça carnuda, gente nossa para o que precisar, insistia no precisar, trate bem aqui o "seu" Miguel, comerciante abastado de Biguaçu, boa-praça. Deixasse que ele cuidaria do camarão, no dia seguinte viria apanhá-lo para lhe mostrar onde ficava a empresa, não se preocupasse não, ia passar uma conversa no vigia para que ele nada cobrasse pelo depósito, ia ver com uns conhecidos, vamos lhe vender este camarão e depois vamos fazer uma bruta farra. Agradeceu. Perdera a noção do tempo. Parecia-lhe que vagava havia dias, semanas, num mundo de camarão. Um ódio surdo de tudo, da mulher, do motorista falastrão, das pessoas que passavam por ele em suas bicicletas, da limpeza das ruas, das sacadas floridas, da maneira friamente delicada como o atendiam. Capengava cada vez mais, arcado ao peso não do pacote que voltara a se transformar numa maçaroca em suas mãos, mas de seus infortúnios. O dinheiro acabou, largou a pensão, não tinha amigos nem conhecidos, o motorista sumira, alimentava-se de café, nem passava perto do depósito. Precisava passar. Passar para quê? Oferecera o camarão a preço de custo, um mil réis o quilo, depois quinhentos réis. Ou não? Chegara mesmo a oferecer aquela coisa a alguém em Joinville? Ou acabara inda agorinha de chegar à pensão, ouvia o ronco do caminhão se afastando? A impressão é de que carregava duzentos e cinquenta quilos às costas. Perambulou pelas ruas, já entrava – ou não entrava? – nas casas desanimado, resmungando, saía (saía?) antes de ouvir a primeira negativa. Queria voltar logo para Biguaçu, não sabia como. De carona, a pé. Deixar o maldito camarão ali, nunca mais ouvir falar a palavra execrada. Que ela infestasse a cidade. Benfeito para ela. Infestasse o mundo. Melhor ainda, um mundo cheirando a mijo, a podridão. Caminhou, caminhou, capegando, arfava, sentou-se num banco da praça, banco duro de pedra, à beira de um riacho que deslizava plácido. O sol queimava, entontecia-o. Ficou olhando, fascinado, para a água. Camarões pulavam, vinham se enfileirar formando batalhões prontos para o assalto, couraças amareladas, lanças em riste.

OUTUBRO, 1930

Para Hamilton V. Ferreira

Os homens estão subindo. Já deixaram o Rio Grande do Sul, atravessam Santa Catarina. Vêm em marcha batida. Muitos anos depois ele procuraria reconstituir os acontecimentos. Puxar do fundo da memória, da nebulosa que eram aqueles primeiros anos de uma infância solta e selvagem, o tatear, a busca, o gosto, o cheiro, as mil desencontradas emoções, a razão de ser de tudo aquilo, as imagens esmaecidas de um tempo e de vultos que nunca mais tornara a ver. E a partir daquelas frases curtas e secas que pouco lhe diziam, uma palavra, estranha, de significados insuspeitados, que procurara apreender mas cujo sentido mais profundo lhe escapava, o acompanharia para sempre: revolução. Os homens estão subindo. É a revolução.

Em casa, a azáfama: mãe mudando-os para o quartinho de costura, abafado e escuro; o choro do irmão mais moço e as encrencas com a irmã; pai armazenando gêneros, carneando o cabrito para receber os refugiados – o que seria isto de refugiados?; amigos do pai cochichando temerosos, escondendo objetos, armas; desconhecidos chegando e arranchando; pessoas nervosas e cansadas se cruzando e circulando pelos cantos, chorosas e intimidadas.

Um movimento incomum. Atropelavam-no, irritavamno. Não tinha lugar certo para ficar, todos se sentiam no direito de arredá-lo, mandá-lo para fora. Mas não o queriam longe. Era afastar-se um pouco, demorar na rua, e os gritos da mãe o traziam de volta. Chegava sujo, recebia cascudos, reprimendas. Que se cuidasse! Esquecia-se das recomendações.

Correndo no campinho atrás da casa, criando fantásticos animais e gentes do barro visguento e escuro com os quais depois conversava longamente procurando saber deles o que estava ocorrendo, espojando-se no riacho que margeava a estradinha poeirenta, escorregando na grama verde-amarelada onde magros bois e um cavalo pangaré pastavam, trepando em árvores à procura de ninhos de passarinho, perguntava aos companheiros o que seria aquilo. Era a tal da revolução – retrucavam. E a revolução, o que é? Ninguém sabia. Ninguém parecia saber. Ninguém queria saber. Nem os mais velhos. Os adultos procuravam não falar nela, como se não falando passasse a não existir.

Inútil. Era um ser invisível mas onipresente, sempre ali. Nos menores gestos, nos sussurros, nos olhares turvos. No medo.

Mas ele queria saber, sôfrego. Inquiria, curioso e atento. Com inquietação e ânsia. Então se punha a conjeturar, instigava os outros, interrogava os adultos. Pensavam. Logo, com essa instabilidade que caracteriza as crianças, esqueciam, atraídos por novas brincadeiras, se dispersavam, ideias longe.

Tinham preocupações maiores com o esconde-esconde, os frequentes banhos no riozinho, todos nus, se descobrindo, investigando os próprios corpos, e os alheios, em alguns as primeiras penugens, puxando as meninas, despindo-as aos gritos e risos, querendo ver-saber por que elas não tinham peru, procuravam a companhia dos mais velhos, tão sabidos sabendo muitas sacanagens e que estavam dispensados das aulas por causa da revolução. De novo aquela palavra.

Verrumava-lhes a mente, imaginavam um ser monstruoso que de repente surgisse ali e os abocanhasse, tinham pesadelos que ao acordar haviam esquecido mas que lhes deixavam uma moleza por todo o corpo, um suor pegajoso e catinguento.

    Apesar de tudo a vida no lugarejo continuava. Era também forte, exigente. O viver comum, os trabalhos, as distrações miudinhas. A invasão de caras estranhas. Ficavam apontando para as pessoas enfatiotadas, de palavreado difícil, que se amontoavam para ver as carreiras.

    Os animais, indóceis. As apostas, os gritos, as discussões. A largada. Todos acompanhando ávidos o desenrolar. A torcida. A chegada.

    A carreira de cavalos em pelo, montados por gurizotes, era em plena estrada que levava a Biguaçu, num estirão de 400 metros ou pouco mais.

    Os cavalos arfando, suor escorrendo do pelo esfumaçado. Os guris empurrando-os para a frente, rostinhos suados, tensos. Pulam lestos ao chão, preparando-se para novas largadas, discutindo, intranquilos, felizes ou desolados com o resultado.

    Os aplausos. A decepção. As novas apostas, outros animais. Logo, o mesmo ritual, os cavalos alinhados, a largada.

    Um dia, a parada brusca, a queda inopinada. Um dos guris, molecote louro e sardento, atirado à distância, o baque surdo e seco no barro duro, um bracejar convulso cada vez mais lento. O estrebuchar. Por que a lembrança do cabrito sacrificado pelo pai?

    Depois, a imobilidade. Em volta do corpo, num ápice, todos debruçados, rostos incrédulos fixando o rostinho igualmente incrédulo.

    A tarde parada, estática. Um sol morrinhento vem beliscar as pessoas, passeia pelas árvores, se derrama nas folhagens empurradas por leve aragem, demora-se no barro duro, atravessa a barriga do morto.

Ele desliza entre pernas, se embrenha, braceja, vai olhar, curioso. Acabara de travar conhecimento com outro fenômeno tão estranho quanto a revolução, parceiro dela: a morte.

E fica-lhe gravada na memória aquela imagem da morte, imutável no rosto ainda suado, nos olhos esbugalhados olhando para o nada, um vazio imenso e insondável, nem vendo as expressões de múltipla perplexidade dos que ali se debruçam. Um misto de susto e incredulidade, de espanto e admiração, de pasmo e discordância com o irremediável.

Estira-se mais até encostar quase o nariz no rosto do morto, rapazola com quem se encontrava às vezes, fareja não sabe o quê, vem-lhe do outro um cheiro acre, de flores esmagadas, de mijo, de merda, agressivo. Fica estático observando uma mosca que passeia no rosto imóvel que vai adquirindo paz e tranquilidade. Agora ela tateia nos lábios, pisa-os com firmeza e elegância, voa, desce até os dedos crispados, mais, pousa no sexo que se entrevê do calção apertado e curto, investiga as coxas, volta, examina a asa do nariz, atenta e curiosa, para um momento, indecisa se entra, a caverna parece intimidá-la, é uma mosca rajada de pretocinza com uns fiapos dourados, caminha até atingir um olho, depois o outro, fixa-se na pupila formando como que uma nova pupila preta e rútila ao lado da intensamente azul e insondável do cadáver.

A vendola do pai reúne o mundo do lugarejo. Homens rudes vêm abancar-se ali, lagartear, beber uma pinga, comprar gêneros, conversar, reclamar das dificuldades, mercadejar, saber das novidades, tão poucas. Agora, é a revolução que os apaixona.

À luz do lampião de querosene, ao escorrer vagaroso da noite, ele escuta fantásticos causos de gigantes, de milagres, de Ti' Adão, de Jacinto Silva, do pretão morto, mais de três metros, que atocaiava as pessoas, lendas e histórias, um imaginário popular que o iria marcar, cabeceia, o pai o cutuca, vai deitar rapaz, reluta, depois vai. Fica escutando, as vozes lhe chegam distantes, mais, vão sumindo, depois tem sonhos confusos em que realidade e fantasia se fundem, o envolvem, ele flutua numa névoa leitosa e densa, braceja, quer avançar, não pode, ali adiante se misturam figuras do dia a dia, narrativas da terra distante que a mãe lhe repetia, procura reviver aquele Líbano longínquo, a viagem de navio, antes ainda, o vilarejo perdido, avança, a parada na África, depois em Marselha, ou seria antes? Agora o fragor da batalha, os embates, a cavalgada, ele e a montaria, o tiro seco, a queda, o estrebuchar. O cenário se modifica. A galharia da floresta que o açoita, corre, corre, cansado, quer fugir, se refugiar. Onde? Adormece, um sono pesado, sem sonhos.

Preto Chico Setúbal vem entrando. É alto, velho mas desempenado. Um falar pausado. Deixou também sua vendola que fica um pouco mais acima, situada já nos caminhos do Rochadel, quer papear com o colega comerciante, saber das novidades, trocar uns sacos de farinha de mandioca e açúcar grosso por sal ou querosene.

Acompanha-o Firmino, o indiozinho deixado pelos pais fugidos dos brancos. Dez anos ou pouco mais, Firmino tem a pele acobreada, um rosto talhado a canivete, é arisco, caladão, desconfiado. Agarra-se à mão de Chico Setúbal, que o traz de propósito para que ele vá se acostumando com os brancos. Mas Firmino não quer. Quer é voltar para junto dos seus, no interior da floresta. Ou então para o roçado, para a companhia de um cachorro sarnento, de aves, de um porco com o qual conversa e a quem conta suas mágoas. É menos mau esconder-se na engenhoca de mandioca onde os seus pais se homiziaram e onde ele foi abandonado, os pais escapando dos caça-bugres que lhes haviam tomado as terras lá nas lonjuras da serra do Bom-Retiro e agora lhes queriam tomar os filhos e os poucos pertences. Vinham fugindo há dias, com os bugreiros no rastro. Escondiam-se, comiam raízes, bebiam água de cachoeiras, roubavam pedaços de charque.

Os olhos xucros de Firmino percorrem a vendola, os homens com facões ou espingardas, tudo tão semelhante aos que os perseguiram. De repente uma gargalhada estrondeia, ele se vira, é sim, aquele é um dos bugreiros. Recua mais, se esconde atrás do preto amigo. Tais semelhanças ele encontra também nos que frequentam a vendola do padrinho Chico Setúbal. Mas aqueles ele já conhece um pouco, o temor é menor. Pode ir se refugiar na cozinha. Os cheiros são conhecidos, não o daqueles homens, nem da cachaça que bebem, da linguiça que mastigam, da gordura que escorre, da fumaça do lampião. O pavor o domina.

E logo não está mais ali, está em pleno mato, cansado, arrastado pelo pai, precisam subir uma lombada íngreme, não podem parar, no encalço deles os bugreiros, a mãe arca carregando a irmãzinha menor, o outro irmão sumiu no topo da lombada, um ficou para trás. Escondem-se atrás de uma árvore grossa, rugosa, o pai pede que não se mexam, não falem, se possível nem suspirem, sobe na árvore, perde-se entre os galhos e a folhagem, observa ao longe, desce, se estira no chão, encosta o ouvido na terra. Escurece, a noite os encobre.

Não, procura disciplinar o pensamento Firmino, os homens que ali estão ao redor dele não se assemelham aos que frequentam a vendola do preto Chico Setúbal, parecem mais com os caça-bugres. Riem e bebem, mastigam. Os de lá são ainda mais pobres, vivem em casebres miseráveis, desassistidos de um tudo, plantando uns pezinhos de mandioca, cana-de-açúcar, batatinha inglesa, feijão-preto, verduras para o gasto. Raros têm algumas galinhas e um porquinho.

Firmino teme e treme, quer ir embora, não sabe pra onde, ouve o padrinho Chico Setúbal falar da revolução, com certeza são mais bugreiros, como vai ela "seu" Zé-gringo, sim, revolução lhe traz à ideia os bugreiros, Firmino se encolhe mais, não atende ao chamado que lhe fazemos, postados na porta da vendola a olhar para ele, curiosos de ver e conversar com aquela criança que não é branca como nós nem negra como os filhos do Chico Setúbal. A custo lhe arrancamos monossílabos, nunca nos acompanhou numa brincadeira, pouco mais velho do que nós mas distante em muitas coisas, sua história chega através de montagens, fragmentos de conversas do pai com Chico Setúbal, da mãe com dona Joaninha, de perguntas a companheiros mais velhos ou trabalhadores, de informações colhidas mais tarde.

Ficam se olhando de longe, tentam imaginá-lo, com os seus, na selva. Chamam-no mas Firmino não atende, nem entende bem, sabe poucas palavras de um português que não quer aceitar, mas o idioma nativo também se dilui, procura nomear objetos, se esforça, se perde, sente já dificuldades, confunde-se. Aperta-se mais ao preto.

Num lampejo vê os pais fugindo, os tiros, os gritos de pega, pega, arrodeia eles, não deixa escapar, os cachorros açulados, os pais escapando do engenho, perdendo-se na mata ao longe, deixando-o sozinho, ele se esconde entre os tipitis, se encolhe, Chico Setúbal praticamente o retira das mãos dos bugreiros, depois o protege, tenta amansá-lo, passa a ser outro filho na ninhada enorme de mais de dez, xucro no início xucro ainda, aos poucos aceita a proteção do preto amigo e dos irmãos de criação, num longe de brumas sumindo as figuras dos pais e irmãos, olhado com curiosidade como bicho raro, vinha gente de longe ver o índio. Ali ficaria até adulto.

Na escuridão em redor, a luz do lampião da venda ondula, o cheiro do querosene impregna o ambiente, se mistura ao suor, a cachaça, aos gêneros. A difusa luz abre uma breve claridade nas trevas, brecha que arrasta e atrai os passos dos caminhantes solitários. E as horas se distendem, se arrastam lentas, monótonas, à espera todos de novas notícias da revolução. Ela domina as atenções, nada mais existe. Neste entretempo, fragmentos de frases reboam e o atingem, ficam entranhadas e submersas, algumas delas ou pedaços ressurgirão muito mais tarde, ao procurar recompor o mundo passado:

vem mais gente por aí pra cá
os homens continuam subindo
a mortandade é grande
bobagem
me disseram que
estão requisitando gente
a bomba pegou bem na farmácia do "seu" Taurino
preto Ti' Adão diz que é castigo
ora
feriu ninguém
milagre
pura sorte pra hora que foi
... anda daí
felizmente
morreram muitos no sul
e o norte?
incógnita
a capital resiste
bomba perdida
que perdida, queriam dominar a
resistência pode oferecer Florianópolis
a dignidade
tudo liquidado, a revolução venceu
notícias do Rio
que
venceu nada
viva a revolução

quando podemos voltar pra casa
é o Getúlio
tem muita resistência ainda por este Brasil afora
besteira
não diga isto
novos tempos, melhores tempos
derrubada das oligarquias
tiraram as tábuas da ponte Hercílio Luz
não vai adiantar nada
dignidade
Getúlio
barcos de guerra se bombardeiam
perto de Biguaçu
cadáver na praia de São Miguel
sobras pra gente que não temos nada
me diga qual a importância de Biguaçu

São expressões que no momento pouco lhe dizem, parte de um todo mais complexo, mais adiante se esforçaria por recuperá-las, formar com elas uma parcela daquele tempo perdido, perguntaria ao pai, à mãe, quem as havia dito, quais eram as pessoas que ficaram com eles, por quanto tempo, quanto durara a revolução, não os meses que à época lhe parecera. Se esforça, lembra-se de que algumas pessoas surgiam, ficavam uns dias, ou semanas, ou meses, sumiam, outras aparecendo. Quanto durara aquilo?

Bem mais tarde iria com o pai a Biguaçu, ver o rombo na parede principal da farmácia, a enorme bomba (parecera-lhe enorme) – restos dela ali permaneceram cravados – passara raspando na casa do seu Jacob-turco e fora direto bater na casa-farmácia do seu Taurino, ainda bem que não tinha ninguém naquela hora ali, imaginaram só a mortandade, "seu" Taurino precisava repetir a história até a exaustão, falar do estrondo, corri, não sabia onde, o susto, ele e a família

49

na outra ala da casa, pura sorte todos reunidos, interrompia a manipulação das receitas para sair à rua, apontar o que estava à vista de todos, dar informações, recontar, reexaminar o estrago, meses seguidos ficou ali, testemunha viva e sangrando da passagem dos barcos com os revolucionários por águas biguaçuenses.

O pai foi também a Florianópolis e depois contava com profusão de detalhes da grande ponte há pouco inaugurada e já sem o madeirame, tudo tirado para a resistência, Florianópolis fora das últimas cidades a se entregar, de novo para chegar à ilha-capital era preciso esperar bom tempo e um dos lentos botes a remo.

A casa onde moravam, no Alto-Biguaçu, era de dona Joaninha. O pai a alugara e nela se instalara com a família e a modesta vendola, vindos há pouco de São Pedro de Alcântara. Procurava refazer a vida, lá não se dera bem, problemas com os colonos alemães que o consideravam um corpo estranho e não o aceitaram, ele e seu falar arrevezado. Lembrava-se de sua terra distante, a pequena Kfarssouroun, de outras lutas, da guerra de 1914, fome e miséria, será que aquilo o acompanharia para sempre? Agora fazia amigos, tentava se integrar na comunidade, participar, ajudava, tinha alguns conhecimentos. E parentes distantes que moravam em Biguaçu o haviam também ajudado. Negociava bem, quando a coisa apertava ia mascatear montado no velho pangaré, a mulher tomava conta da venda. Sentia-se o clima de inquietação, mas, muito embora os frequentes boatos trazidos por viajantes-vendedores de bugigangas, ninguém ali, longe dos acontecimentos, acreditava na possibilidade de uma revolução eclodir. Eclodira.

Mais gentes chegavam a cada dia. A casa se enchera de caras estranhas e tensas, de pessoas que moravam quase todas em Biguaçu, umas vindas por indicação de outras, convidadas por parentes ou amigos comuns. Entravam, se apresentavam, procuravam alojamento por um dia, horas, até se localizarem em outro lugar que já tinham em vista, este dia se prolongava até encontrarem outro problemático refúgio. O pai às vezes titubeava em aceitá-los, mas cadê coragem para recusar se vinham fugidos e ele sabia o que era isto e o que significava. Pediam pouso, contavam do avanço das forças legalistas ou revolucionárias, contribuíam com pouco ou nada, a comida escasseava, iam se acomodando pelas várias peças, aos magotes, com malas e trouxas de roupa, ao fugir procuravam carregar dinheiro e objetos de valor, nada que sustentasse o estômago, os gêneros sumiam, por mais comida que a mãe fizesse era sempre pouca. Muitos dos que ali pousavam nem se conheciam, de diferentes categorias e classes sociais, antes mal se cumprimentavam, tendo agora que se aceitar, obrigados a contragosto a conviver, dias e dias sem nada para ser feito, enervados com aquela vida e com aquele lugarejo perdido no interior de Santa Catarina, longe da passagem das forças revolucionárias.

Nos primeiros dias davam longos passeios, iam pescar, voltavam exaustos, sentavam na calçada tomando sol, discutiam, procuravam encontrar pontos de contato, afinidades, parentelas afins, jogavam carta, dominó. Depois se deixavam estar, largados, lerdos e inúteis, pensando no que haviam deixado para trás, temerosos de saques. O pior eram os dias de chuva.

"Seu" Zé-gringo não sabia mais o que fazer. Tinha discussões com a mulher, reclamava dos filhos, agora até o quartinho de costura foi ocupado. Pai, mãe, filhos, todos dormiam no mesmo quarto, tinha gente até na cozinha, na parte da venda, também a velha viúva dona Joaninha cedera peças de sua casa, que ficava parede-meia com a outra, para abrigar mais pessoas.

Com seu cabelo muito branco, o rosto suave, andar macio e felino, ela surgia, a voz cariciosa vinha saber se podia ajudar em alguma coisa nesta emergência, ficava contando casos. Recordava os filhos, agora morava sozinha, antes a casa cheia de bulício e colorido, um dos filhos em Curitiba, a filha casada, é o mundo, outro dos filhos por este mundo de Deus, não sabia bem onde, ouvira dizer que participava da campanha a favor do Getúlio, fervoroso, apaixonado revolucionário, percorrera estados conspirando.

Um dia, pouco antes, aparecera por ali, abancara-se, procurara aliciar pessoas, com Getúlio tudo vai melhorar, dizia, entrava na venda, vamos dar condições de trabalho pra todos, o pai ouvia quieto aquela empolgação, é uma miséria num país da extensão do Brasil e com tantas riquezas gente passando fome com meia dúzia se enchendo, é preciso dividir a terra, acabar com a bandalheira, dona Joaninha vinha acalmá-los, ele abraçava-a, terno, ria.

Bebia goladas de cachaça, erguia a voz, empunhava o lenço vermelho que nem se fosse uma espada, gargalhava, expunha planos para quando a revolução vencesse. Aí vão ver.

Gostava de caminhar, ia desbravar os bosquetes por perto, manter-se em contato com a natureza, recuperar a infância, perguntava pelos amigos, penetrava em chácaras e sítios onde apanhava goiaba e araçá que distribuía entre a criançada. A noitinha se reunia com as crianças, que o adoravam, para lhes contar histórias, relatar aventuras vividas ou imaginadas, falar de outras terras e outras gentes, de uma vida melhor, do que vira e sentira. Viajara muito. Tinha uma imaginação exuberante que tornava fascinantes os fatos mais banais e reais os mais absurdos. Nós crianças gostaríamos de imitá-lo. Procuravam pela casa lenços vermelhos, queriam copiar-lhe os gestos largos e a terminologia, o tique de esfregar as duas mãos e depois juntá-las e apertá-las até estalarem num barulho oco.

Outras vezes saía com as crianças, levava-as para longe, passeios e caçadas, mostrava a realidade em redor, os problemas, a miséria, é preciso lutar por uma modificação. Tratava-as de igual para igual.

Noites havia em que, depois, de beber muito, largavase a caminhar pelas ruas pacatas e mortas gritando e cantando canções que falavam de liberdade, da revolução e da vitória do povo espezinhado.

Corriam estranhas versões a respeito dele, de suas aventuras, de suas mulheres, um mulherengo dos diabos, de lutas e desavenças, de prisões e fugas, estaria ali foragido, era um espião, estaria ali porque um marido enganado o caçava para lavar a honra, era um homem perigoso, era preciso cuidado. As mães que ficassem atentas, alertassem os filhos, se cuidassem com aquela influência nefasta. Uma noite sumiu.

Boatos circulavam: os homens estão avançando, os homens foram contidos, os homens travaram violentos combates com as forças fiéis a Washington Luís, os homens fuzilaram resistentes, os homens requisitaram animais e mantimentos, os homens mataram reses, os homens estão passando pelo litoral de Santa Catarina para se juntarem às forças do norte, vão em rota batida, os homens acampam para descansar e se reabastecer pouco depois de Biguaçu, que nada, não-não, os homens já passaram pela serra, deixaram Lages para trás, atravessaram a divisa, atravessam o Paraná, estão quase atingindo São Paulo.

Há um hiato.
De repente, a casa vazia. O silêncio.
A revolução vencera.

ELE

*Para Sônia, que desde bem pequena
me pede uma H(h)istória*

Então era ele! O velho, livro aberto sobre os joelhos, reflete, medita, reconstrói. Retira os óculos, limpa as lentes, volta ao livro, detém-se numa linha ou noutra.

A tarde, cinza-opaca, escorre pelas vidraças, uma chuva oblíqua, manobrada por fortes rajadas de vento sul, embacia a paisagem que o homem descortina de seu quarto: é a praça com a velha figueira, é o aterro tomado ao mar, ali pertinho ficava o Miramar, reduto onde durante anos bebeu cerveja gelada enquanto esperava a casquinha de siri trazida pelo ônibus que vinha de Laguna, é o prédio que não faz muito substituiu o hotelzinho, é a nesga de água e espuma lá no fundo, é o morro do outro lado da baía recortando-se contra o céu.

O velho repõe os óculos, pega no livro, relê a frase: "Dormiram em Florianópolis."[*]

Então era ele – incrédulo suspira. Não há mais dúvida possível. Volta ao livro, vai a uma frase ou outra, um trecho aqui e ali. Mas sua atenção está longe. De novo para a leitura, reolha a janela, mais fortes vento e chuva, a noite se fecha, a paisagem some, agora só em seu quarto, só com seus pensamentos. Baixinho, tomado por incontrolável emoção, repete a frase para si mesmo, para os objetos que o rodeiam, a cama, a cadeira de balanço que comporta a maior parte de seu tempo, os livros, o facão, a solitária figura na parede, mais e mais, até que o sentido da frase se perca e fique apenas o som, um som.

E logo quem está ali não é o velho de 80 anos, é o jovem de 29 anos, naquela "luminosa manhã de 15 de abril de 1935".* Esforça-se, a cabeça lateja, quer recuperar o passado em sua totalidade, componentes estranhos se infiltram, interferem, quer imaginar o que fazia em tão recuada data, como transcorrera seu dia e como, ao entardecer, vira surgir do passado aquela figura que o obsedava.

Sensações desencontradas o sacodem, pensa que toda a sua vida poderia ter tomado outro rumo – que a própria vida do pais poderia ter tomado outro rumo. Se fosse possível apagar o acontecido para construir outro, se fosse possível... Tudo estivera em suas mãos.

Seria mesmo assim?

O presente é mais forte. Outra vez o velho ressurge, aqui está digladiando-se com o jovem, cercado de objetos que viera acumulando ao longo dos anos e que lhe são tão familiares, parte intrínseca do seu viver, mira-os sem os reconhecer, livro nos joelhos, como se o livro fosse um objeto mágico, tivesse um poder mágico: ressuscitar o passado. Sofregamente volta a reler, atento a outro pequeno trecho:

"... o imprevisto pouso em Florianópolis."*

A vista turbada. O pulso acelerado. A mente em tumulto. Um peso no peito. Respiração opressa.

Verdade o que está lendo? Ou uma alucinação dos sentidos?

Eis ar – o velho balança a cabeça, move os lábios, coça os ralos cabelos brancos, vira-se como se estivesse confidenciando para alguém, fixa-se na solitária figura da parede – eis aí a chave do mistério que o incomodava havia décadas. E que só agora se esclarecia. Fora um tolo e imprevidente! Ou não? Inconscientemente suas mãos voltam ao livro, aperta-o, gruda-se na pequenina frase: "dormiram em Florianópolis". Nada mais existe, só as três palavras.

Mãos apertando o livro aberto, naquela página que lhe devolve não só o ano de 1935, quando já se adaptara à vida na Capital, porém o ainda mais distante 1924, repete e repete "dormiram em Florianópolis". Até que tudo suma, o quarto, os objetos íntimos, vento e chuva, a paisagem, a nova cidade, o velho que é. Afunda no passado, tragado pelas lembranças, o presente inexiste.

Eram dois. Esperaram uma noite escura, sem luar e sem estrelas, que os companheiros adormecessem. Para desertar. A decisão não foi fácil, sendo tomada aos poucos, primeiro de maneira inconsciente, uma palavra aqui outra ali, enquanto falavam dos seus, como estariam, a saudade machucando-os, o temor se infiltrando de leve que nem a poeira das estradas ou a chuva que despencava repentina, monologavam ou dialogavam durante as longas caminhadas, o imprevisto das lutas, as escapadas incertas ou a incerteza do que os aguardava mais além, na próxima curva. Como tantos outros, os dois evitavam se manifestar às claras, procuravam o isolamento para conversar, em busca de uma definição, sentiam-se divididos: de um lado as palavras inflamadas e o fascínio que sobre todos exercem os jovens oficiais, magnetizando-os; do outro o pavor crescente, a cada dia se avolumando, o exemplo dos que já haviam desertado e o exemplo mais dramático dos amigos mortos nos combates ou na luta contra o meio inclemente, as febres, os animais ferozes, as cobras, os insetos. Quase desde o início da arrancada revolucionária, naquele final de 1924, já vinham discutindo e procurando uma justificativa para a decisão que iriam tomar.

Esgueirando-se do acampamento onde descansavam, lugarejo isolado e esquecido no oeste de Santa Catarina, internaram-se na mata. Bem mais tarde, anos depois, pessoas que por ali passavam ficariam se perguntando e indagando a razão do nome Descanso, que a região tomara. Pouco levaram, uma espingarda, um facão, restos de comida, um embornal com água, caixas de fósforo, comprimidos contra febre, um pouco de cachaça. Caminharam silenciosos à noite toda, em busca de uma direção que não fosse a mesma dos companheiros que haviam abandonado, se possível no rumo do litoral, quem sabe de volta para o Rio Grande do Sul, enquanto os rebeldes prosseguiam em marcha batida para juntar-se às forças do general Isidoro Dias Lopes, que por eles aguardavam perto de Foz do Iguaçu, no Paraná.

Agora não os preocupava um destino certo; mais adiante, tranquilizados, decidiriam o que fazer, se tomar mesmo o caminho de casa, de sua terra lá bem ao sul. Era preciso distanciar-se o mais possível dos ex-camaradas, evitar aglomerados maiores, estradas com algum movimento, pegavam as trilhas vicinais, a mataria cerrada os engolia, abriam picadas a facão, só à noite aventuravam-se por uma estradinha de terra batida, olhavam lá longe as luzes de lamparinas de querosene que escapavam dos casebres, ansiosos por uma boia quente, desejosos de se aproximar, trocar algumas palavras, colher informações de onde se encontravam e por onde deveriam andar os ex-companheiros, estariam lutando? Mas não, ainda era cedo, muito cedo. Prosseguiam.

Olhavam-se tentando adivinhar o que o outro pensaria, conversavam para afastar o pavor, um pavor novo e inexplicado que agora os dominava, grudando-se à pele, entranhando-se pelos poros.

– Te alembras... – um principiava.
– De quê? Da decisão da gente... – o outro.
– Será que não foi precipitada?
– Como; por quê? Não-não...

– Me refiro... é que...
– Diz logo: queres te referir a quê?
– Não sei, nem sei mesmo. E tu?
– Eu?
– Já que a gente começou devia continuar com os camaradas.
– Quem foi o primeiro a sugerir...
Catavam. Recuavam até se encontrar naquele começo: era o levante de Santo Ângelo, logo ficariam sabendo que as guarnições de São Luís, de Uruguaiana, de São Borja, de Cachoeira também haviam aderido. Oficiais e caudilhos unidos conspiravam, se intercomunicavam, incentivando e incendiando a mente jovem de soldados e civis. Como um rastilho o movimento revolucionário se alastrava, continuação de outros recentes, queriam um novo Brasil. Ali de novembro trava-se o combate de Guaçu-Boi, não estão preparados como deviam, mas o entusiasmo os leva para diante. Intuem que não é a simples aventura que sonhavam, um passeio, mas uma luta feroz entre irmãos. São ainda as primeiras escaramuças, através delas vão se preparando para o que virá. Animados pelo êxito, pelo entusiasmo que lhes é insuflado, estão dispostos a tudo. Logo outra batalha se trava, cerca de três mil revolucionários derrotam um efetivo de doze mil legalistas. A notícia se propaga. Há adesões. No calor da luta esquecem os companheiros caídos, atiram-se para diante – até que o inimigo bata em retirada.

Mas existem defecções. De oficiais, de caudilhos, de soldados, de civis. Só alguns jovens oficiais, com seus fiéis, resistem, combaterão com vantagem forças superiores em Itaqui e Tupanciretã, durante cerca de dois meses estarão na região das Missões, subirão em direção a Santa Catarina, perto da Colônia Militar do rio Uruguai serão cercados pelos homens do governo – e é aí que pela primeira vez um jovem oficial demonstra toda a sua habilidade, a visão que tem da guerra de movimento, sua capacidade como estrategista: numa manobra audaciosa e imprevista, que dá alento a seus comandados, rompe o cerco e segue em direção ao norte. Agora eles atravessam zonas desertas e acidentadas, dos primitivos regimentos restam uns oitocentos homens, menos da metade armada.

Com um misto de melancolia e pasmo os dois vão relembrando passagens das lutas, acidentes e incidentes, te lembras quando a gente fez as forças do governo se baterem uma contra a outra, e tu te lembras da Alzira, cabrocha fogosa, a mais bonita das mulheres que nos acompanhavam, sim, não ia me lembrar, ela me queria, te queria nada sai pra lá.

Internam-se mais na mataria, faltam-lhes comida e água, buscam riachos para se abastecer, têm medo de atirar na caça abundante, até que a fome se torne mais forte, esquecem a prudência e abatem uma paca, fazem fogo e assam toda a carne, a carne lhes aumenta a sede, outra vez partem em busca de água, colhem frutas silvestres, continuam a jornada em meio à mata ora felizes com a decisão tomada, sonhando e fazendo planos para o futuro, ora insatisfeitos e culpando-se por se terem acovardado, por haverem abandonado os companheiros, amigos que haviam incentivado a participar da aventura. Passam horas silenciosos observando-se de esguelha com inexplicado rancor.

Aos poucos se achegam a miseráveis casebres de pequenos agricultores, se oferecem para miúdos trabalhos em troca de boia, inventam histórias que justificam suas presenças, eram do extremo oeste do Estado, lá pras bandas do Chapecó, na fronteira com a Argentina, vinham em busca de trabalho, a melhorar de vida. Vão largando o temor à medida que os contatos se amiúdam. De repente apanha-os um temporal, a ventania sacode as copas altas das árvores que balouçam enlouquecidas, galhos despencam com fragor, o vento veloz zune nos folhedos, a chuva encharca-os e castiga-os, patinam na lama pegajosa, perdem-se, não sabem se estão avançando ou recuando. Acocorados agora, sem saber o que fazer, grudam-se ao tronco de uma árvore, mais amedrontados com o furor da natureza do que com os animais selvagens ou cobras, aguardando que amaine a fúria dos elementos. A partir daí passam a usar só as estradas.

Nas imediações de Lages oferecem-se para trabalhar na fazenda Irapuá, de uns Costa. O capataz simpatiza com os dois, necessita de peão para ajudar a levar o gado para outra pastagem, juntam-se aos homens, mateiam e contam causos, ampliando a história que vinham arquitetando. Da nova pastagem um pequeno grupo ia se dirigir ao Rio Grande do Sul, para os lados de São Borja. Era uma tentação, como resistir ao convite feito, teriam companhia até quase em casa, comida, segurança. O companheiro não titubeia, aceita. Pensa em ir também, pede tempo para decidir, é arriscado, o tempo se esgota sem que resolva, intimida-se, fica imaginando as consequências, podia ser preso, não tinha ninguém que intercedesse em seu favor, o outro era filho de família conhecida e de prestígio na região, certamente apelariam para o batido "rapaziadas, deixou-se influenciar". Recusou – com os olhos embaciados, mal viu o amigo se afastar espingarda ao ombro.

Sozinho. Com as indicações do capataz sabe como se orientar. Prossegue em direção ao litoral. O capataz lhe dera um par de botas, uma japona velha, o inverno se aproxima. Ao encontrar alguém já tem pronta a complementação da história: não apenas era de Chapecó, não queria apenas melhorar de vida, mas ia em direção à Capital catarinense em busca de vagos parentes, queria um serviço fixo, queria estudar. O capataz indicou-lhe o caminho mais viável, fosse até São Joaquim, nevadas vinham aí, lá podia procurar um primo dele que lhe daria adjutório, um cantinho até que suma o frio, entrega esta carta que o primo te acolhe, dali descesse até Bom-Retiro, meu primo tem lá uns conhecidos, italianos, gente boa, garanto que te recomenda pra eles.

Não chegou a São Joaquim, perdeu-se, uma forte nevasca apanhou-o em pleno descampado, sem um rancho onde abrigar-se, teve febre, delírios, o frio penetrava-o, um vento gélido vinha do sul, lá dos pampas, por vezes se imaginava na companhia dos outros rebeldes em meio ao fragor dos embates, balas sibilando, marchando para novas e violentas lutas, tombando ferido sem ninguém para socorrê-lo, outras vezes escapando para a mata com a cabrocha Alzira, era tão gostoso sentir aquele corpo jovem grudado ao seu, os lábios se tocavam, cavalgava-a, mas antes do gozo era interrompido, agora havia sido preso quando se preparava para desertar, não-não, preso pelos seus não, aprisionado em um dos combates, arrastado pelo chão, batido e humilhado, acordava banhado em suor, um suor gélido, fraco e tonto, lábios secos, estirado sob um pinheiro, a geada branqueando tudo, cobrindo-o de flocos que logo se derretiam. Não podia permanecer ali, assim era pior. Morreria. Arrastava-se em busca de abrigo, de comida. Não sabe como arribou, fez um torna-viagem que novamente o deixou quase em Lages, tomou outro desvio, internou-se num espesso pinheiral, defrontou-se com novas e maiores dificuldades, animais famintos, o facão de pouco lhe servia, alimentava-se de frutas, que nesta época escasseavam, assava pinhão, procurava regatos para matar a sede, banhar-se, retirar a sujeira que se lhe acumulara na roupa, no corpo, na alma, tinha uma sede que não o largava. Nunca se explicou como foi chegar a Bom-Retiro.

Em Bom-Retiro colheu frutas para uns italianos, coisa de dias, seriam os mesmos a quem o primo do capataz o encaminharia, não teve coragem de perguntar, queriam que permanecesse ali, era boa gente efusiva, mas não se sentia seguro, uma ânsia o dominava, mania ambulatória, afastar-se mais, despediu-se antes que o convencessem; ajudou alemães no preparo da terra para a construção de uma igreja em São Pedro de Alcântara, pela primeira vez soube alguma coisa a respeito de seus ex-companheiros, estavam avançando rumo ao norte, sempre combatendo e escapando do cerco dos legalistas; foi mandalete dos Salum, libaneses de fala arrevesada e hábitos estranhos, comiam carne crua de carneiro ou cabrito, moravam em Biguaçu, mandavam-no a Florianópolis, de carroça até o Estreito, de baleeira até a Capital, ia por baixo da ponte em construção, no armazém do "seu" João Octávio, comprar querosene e sal, às vezes entregar farinha de mandioca ou feijão. Um dia, já findando 1925, ouviu falar que estavam precisando de gente para a conclusão da ponte, antigo sonho que ligaria a Ilha de Santa Catarina, onde se encontrava Florianópolis, ao continente, àquele lado conhecido como Estreito. Ali esteve até o fim das obras, em 1926.

De novo sem nada, mal economizara uns trocados, dos Salum ganhara umas roupas velhas, sempre com o inseparável facão, deixara crescer a barba, mais seguro. Durante o trabalho na ponte continuou indo a Florianópolis embora morasse num acampamento no Estreito, demorava-se na rua Conselheiro Mafra, mais conhecida como rua do Comércio, em conversa com "seu" João Octávio. Dono de sortido armazém, "seu" João Octávio era de boa prosa, recebera os primeiros rádios Philips, novidade que empolgava, mantinha-se informado, conversava sobre tudo, os movimentos sociais, o interior do estado que conhecia bem, Lages onde tinha parentes, uns Costa, fazia-lhe perguntas, a solução foi ampliar a história sobre Chapecó, os parentes que não conseguia localizar, caíra na asneira de falar neles, também nem tinha certeza da existência deles ali, nem lhes sabia ao certo o nome, mas gostara da cidade e pretendia ficar. Acabou conseguindo emprego no armazém, de início entregador de compras, mais adiante caixeiro. Era hábil, atencioso, observador, com vontade de progredir.

Gostava de mexer nos rádios Philips, apaixonou-se por aquele mecanismo que lhe trazia um pedaço do mundo, ali vislumbrava um futuro melhor, sempre soubera lidar com aparelhos, tinha certa facilidade para fazer consertos. Atento também ao noticiário dos jornais que chegavam ao armazém, acompanhava com um misto de tristeza-frustração-alegria as parcas informações sobre a complicada rota que faziam seus ex-companheiros, ora dizia-se que haviam atravessado Goiás ora que estavam de volta, indignava-se quando os chamavam de bandidos, silenciosamente torcia por eles. Em começos de 1927, primeiro por uma emissora, a seguir no jornal *O Estado* soube que, depois de atravessarem quase todo o território nacional, indo até o Maranhão, retornando, combatendo e se livrando de forças sempre superiores, já então por vezes apoiados por habitantes de regiões interioranas e isoladas, haviam se internado em terras estrangeiras, em Guaíba, na Bolívia. Quantos seriam os remanescentes dos primitivos rebeldes, quais amigos teriam tombado, que outros jovens se incorporado ao longo da jornada?

Em 1930, ao mesmo tempo que acompanha a arrancada de Getúlio em direção à presidência (Florianópolis resiste retirando o madeirame da ponte que ajudara a construir), passa dias ouvindo as explicações que lhe dá um técnico da Philips sobre como consertar rádio; em 1932 já não é mais caixeiro, nem dorme num canto do sótão. Alugou um quarto numa pensão que fica nos altos do Mercado Público, perto do armazém; à noite, em outros quartos, é o gemido dos casais que furiosamente se amam. Insone se vira e revira na cama, esperando o amanhecer para se dirigir ao armazém, onde tem uma mesa com alguns apetrechos. Ali mexe nos rádios que necessitam de conserto, ouve música, atento às notícias. E é novamente assim que, ao testar um rádio, vem a saber do movimento deflagrado em São Paulo. Em 1935, ajudado pelo ex-patrão, abre uma oficina de consertos, incumbe-se de outros pequenos trabalhos manuais, faz biscates, relaciona-se bem com os vizinhos da Praia-de-Fora, passa os dias no quarto-oficina, ali mesmo faz as refeições num fogão improvisado, pela tardinha desce, vai bater papo com "seu" João Octávio, já tem amigos jovens com os quais em algumas noites se manda para o Campo-do-Manejo em busca das casas de mulheres, por vezes senta-se no Café Java ou come uma empadinha na Confeitaria Chiquinho, toma uma cerveja no Miramar, todos discutem a Aliança Nacional Libertadora, comentam as informações veiculadas pelos jornais da terra, *O Estado, A Gazeta, Dia e Noite*, confrontando-as com as que ouvia nas emissoras, a situação internacional se agrava e há inquietação no país. Politicamente não se manifesta, apesar de sua simpatia pela Aliança. Não tem coragem de se comunicar com os seus lá no Rio Grande do Sul, vive sozinho, sem o carinho de uma mulher, sem um verdadeiro amigo com quem pudesse se abrir, sente-se frustrado, antigo revolucionário que abandonara seus ideais e companheiros por medo, ou não, tenta justificar-se, foi o outro que o levou a desertar, nem sabe mais o verdadeiro motivo, é um homem irrealizado que se aproxima dos trinta anos sem ter onde se apoiar. Agarra-se ao trabalho como um derivativo, só pensa em progredir, procura alijar os anos passados. Mas eles lhe voltam em tudo, lhe surgem numa frase dita ou lida, no facão, naquela figura que o acompanha, recortada de um jornal, na cicatriz que lhe ficou na mão direita, resultado de uma das escaramuças, nas notícias que do éter teimam em lhe chegar continuamente mantendo-o informado.

Agora atravessa a Praça XV, demora-se uns minutos sob a figueira, comentam-se os últimos acontecimentos, a inquietação que domina o país, o avanço da Aliança, a reação das forças conservadoras, o jogo duplo de Getúlio e seus homens. É um luminoso dia de abril, o solão se derramando por tudo, o céu límpido e nítido, o verde-azulado mar que tanto o fascina, ali pertinho, espraiando-se na areia sem uma aragem a movê-lo, sequer uma ondinha se alteando. Sem pressa dirige-se ao Café Java, detém-se a pensar um instantinho se uma cerveja não ia melhor, ali mesmo o Miramar e sua fauna contumaz. Ao passar perto do hotel, ainda indeciso sobre o que fará, vê um casal que desce de um carro. Numa curiosidade instintiva observa-os. Tem um choque violento, para, estupefato recua, é impossível. Fixa atentamente o casal. Sim, alguma coisa no mais íntimo lhe garante que conhece aquele homem, a figura não lhe é estranha. Mas não, é inadmissível o que está vendo, repete é impossível, esfrega os olhos, volta a olhar, insiste, o rosto, o corpo miúdo e franzino, o gesto das mãos, é ele, a postura, é ele, não-não, faz pouco ouvira numa emissora que aquele mesmo homem que agora vê diante de seus olhos, que assim lhe ressurge do longínquo passado, se encontrava na União Soviética, de lá lançara manifesto falando no Partido Comunista, no apoio que neste momento se deve dar à Aliança Nacional Libertadora, no combate de todos os patriotas à reação que ameaçava levar o país para o lado dos nazi-fascistas, no crescimento do Partido Integralista, os camisas-verde em tudo se infiltrando.

Esgueira-se lentamente, posta-se atrás de uma árvore, atento ao casal que já deixou o carro e se dirige para o hotel, jovens ambos, ela muito bonita, elegante, os dois bem vestidos e ajanotados. Agora, antes de entrar no hotel o casal se vira, tímidos relanceiam os olhos pela praça, o mar, o casario esparramado, a figueira, as raras pessoas que passam, eles cochicham, entram. Rápido procura se esconder mais, sem os perder de vista, que não o vejam, não sabe qual o motivo do receio que o toma, deixa que cheguem à recepção e sejam atendidos, também para lá se dirige, mais perto, mas não entra, observa-os através de uma janela, sempre escondido, quer ouvir alguma palavra do que dizem, não consegue, fixa o homem que se encontra de perfil, a mesma altura, o mesmo rosto de traços marcados, os mesmos gestos firmes e decididos, baixinho, seria um irmão, não-não, ele só tinha irmãs, então é mesmo ele, mas nunca andaria assim no chiquê, cadê a barba cerrada, cadê o olhar dominador, e a mulher tão bonita quem será, só pode ser uma ilusão dos sentidos, ainda há pouco não escutei que ele está na União Soviética, mas é capaz de jurar que de seu passado de quase onze anos aquela figura que o marcara tão fundamente lhe surge, idêntica, apenas de gestos refinados e extremamente bem vestido acompanhado da linda mulher que acaba de erguer um braço para mexer na cabeleira.

Que será que me aconteceu – pensa, enquanto desiste de observá-los, desiste da cerveja e se dirige para o café, abismado senta-se, pede um cafezinho, desatento ao que o garçom lhe diz, logo conhecidos chegam, falam qualquer coisa, mal ouve e nem lhes dá atenção, não pode ser, volta a murmurar, não pode, move a cabeça como quem quer afastar uma ideia importuna, atônito volta a resmungar, parece irmão gêmeo, incrédulo solta alto um *impossível* que fica reboando pelo salão.

Ficou até tarde nas proximidades do hotel, viu-os sair à noitinha, incertos quanto ao caminho a tomar, muito unidos sempre, acariciando-se. Deram um passeio vagaroso pela praça, detiveram-se sob a figueira, foram até em frente ao palácio, depois subiram a escadaria da catedral, olhavam muito para os lados. Era uma noite escura. Seguiu-os pensando em se aproximar, quem sabe perceber algumas palavras do que diziam. Precisava ter outro elemento de aferição para além da aparência física, poderia reconhecer o timbre da voz, tão característica, que dava ânimo aos homens nos momentos mais difíceis. Mas os dois, como qualquer casal de enamorados, sussurravam.

Sempre encoberto pela noite, em passadas silenciosas acompanhou-os até que voltassem ao hotel, cada vez mais confuso e infeliz, sem saber o que fazer, vou abordá-los, abordá-los com que justificativa, inventava na hora, viu-os entrar sem se decidir, fecharam a porta. Caminhou pela noite, engolfado em seus pensamentos turvos, todo o passado lhe ressurgia, quis afastá-lo, não conseguiu, andou até um bar, entrou, pediu uma cerveja, não bebeu, copo rodando entre os dedos. Não pode ser – queria se convencer a custo – mas se não podia ser por que não tirar logo a dúvida, por que não se aproximar como quem não quer nada e perguntar inopinadamente qualquer coisa para ouvir a voz, ver a reação, qualquer coisa não, tinha que dizer cara a cara, bem de frente e com firmeza, atento à reação, um "como vai?". Não conseguiu dormir, virava-se na cama, levantava, ia beber água, uma sede inexplicável, voltava, estirava-se sonolento, marchava pela densa mataria, discutia com o companheiro de deserção enquanto se afastavam dos camaradas. Por uma nesga da janela viu o dia romper, levantou-se, vestiu-se decidido, quase correndo dirigiu-se à portaria do hotel, queria se livrar da dúvida que não o largava, pouco importa o que pudesse acontecer. Perguntou pelo jovem casal de ontem. O porteiro informou que já haviam viajado. Para onde? Não sabia, não tinham dito. Nem lhes perguntara? Pra quê? De que viajaram? De táxi. Podia olhar por acaso o livro de registro de hóspedes, queria ver se era um casal conhecido que deveria ter vindo esperar ontem, não pudera, um serviço urgente retendo-o. Que sim, podia – a resposta sem mais preocupação. Tomou com ânsia o livro das mãos do empregado, nenhum nome parecido, abriu na página dos últimos registros, recuou para outras, folheou, pensamento longe, uma estranha angústia o dominava, perdera algo irrecuperável, certamente se registraram com nome falso, perguntou qual o nome do homem que ontem ali chegara acompanhado daquela mulher tão bonita, sem atentar para a contradição diante do que dissera antes, pouco lhe importava. O outro não ligou ou nem se deu conta, bocejava, sem uma palavra apontou para a página, aqui, a linha com os dois nomes numa letra simples e direta. Olhou, leu, nada lhe diziam, agradeceu, saiu. Desnorteado, confuso. Não estava entendendo, não estava convencido. Convencido de quê?

Lúgubre, a noite se fecha. A violência do vento chicoteia as vidraças, a chuva tamborila com vigor envolvendo a cidade em seu manto opaco, uma cidade que sumiu, não há mais aterro, não há mais praça, não há mais figueira, não há mais prédios esparramados ao derredor, não há mais nada, só o velho e sua solidão, o velho e o pensamento tumultuoso que galopa, recua, recompõe. Pensa: que teria acontecido se eu me tivesse dirigido ao casal, se eu, indiferente às consequências, os tivesse abordado? Mas como saber? Sabia, sim, alguma coisa lhe dizia que sabia. Não se explicam os motivos pelos quais recuou, se intimidou: por que deixou para a manhã seguinte o que deveria ter feito na hora. Dúvida ou temor diante do que descobria?

Com um simples gesto eu poderia ter mudado o rumo de minha vida, para melhor ou pior pouco importa, poderia ter mudado os destinos do país... Bastaria ter ousado, bastaria ter chegado até o casal quando saíam do carro, bastaria ter gritado um nome, um simples nome, uma palavra, uma simples palavra.

Tão simples! E no entanto deixou tudo lhe escorrer por entre os dedos, deixou que aquilo o martirizasse pelo resto da vida. Foram necessários mais de 50 anos, já no fim da caminhada, para que uma pequena frase em um livro que nem terminara de ler lhe devolvesse o passado, fizesse aquela figura saltar da parede e que só então encarasse face a face sua verdade mais íntima e última.

Das mãos trêmulas do velho o livro tomba com um som cavo que reboa pelo quarto e extravasa para além das paredes. Não chega a perceber o barulho: naquele luminoso dia de abril acabou de deixar a praça e a figueira, indeciso não sabe se vai para o café Java ou o Miramar, um carro para em frente ao hotel, curioso observa o casal que está chegando e se dirige para a portaria, tem um choque instantâneo, não titubeia e avança, mão estendida, um sorriso aberto que o rejuvenesce tomando-lhe todo o rosto e grita: CAPITÃO PRESTES!

(*) MORAIS, Fernando. *Olga*. São Paulo: Alfa-Ômega, 1985.

Cachoeira do Bom Jesus, fevereiro, 1986

ATENÇÃO, FIRME

Do fundo da fotografia, sete pares de olhos te fitam, cúmplices. Procuras, então, recuperar aquele instante, perdido no tempo, presente na memória. Tentas te reencontrar, sentir o mesmo entusiasmo, o igual colorido, o som difuso, os indistintos odores, o movimento infrene, os mil desencontrados ruídos que vêm de todos os recantos da praça e te sufocam. Ora recuas para um passado longínquo/próximo, ora te projetas para um futuro possível/imprevisível.

Mas, interrompendo-te o fluxo que a foto ativou, sobrepondo-se a tudo, a voz rascante e anasalada, palavras que te atingem como um petardo: "atenção, firme!". E logo, o clique.

Antes, fora o riso solto, o riso explodindo, o riso gargalhante, as fisionomias abertas, os olhos inquietos, as palavras que se cruzam; "aqui, não", "tu, aqui", "assim fica melhor", "mais pra lá", "eu, ali", "assim", "me deixa respirar". E aquele ar falsamente compenetrado, falsamente risonho, falsamente informal.

O sol do meio-dia vara a folhagem e a galharia da rugosa árvore, escorre, vem espojar-se na mesa. O suor empapa tudo, pegajento, o chope esquenta, a comida amorna, a conversa esfria, decai, se eleva, vai-e-vem, mole, lânguida, como num fluxo e refluxo, não se fixa.

A praça em redor fervilha. No restaurante garçons correm e acorrem. Gente entra e sai.

De repente, todos estão atentos à movimentação do lambe-lambe. Franzino, alto, magro como um "t", velhusco,

olhos piscos e indóceis, rosto vincado – ele se sabe remanescente de um mundo que finda, um dos últimos de sua estirpe que já viu áureos tempos. Sente-se acuado, indeciso, cansado, irritado, mira um lado e outro da praça XV, depois o restaurante, os passantes, o grupo sentado à mesa sob a árvore.
 O que será que eles estão querendo, ali gozando a porca da vida enquanto eu aqui me fodo em verde-e-amarelo pra ganhar uns míseros mil réis? Putos! Pois não minha senhora, às ordens, disponha, é um prazer, sente-se só um minutinho. Isto, ótimo. Agora! Olhe pra mim, pro passarinho que vai aparecer, mais um momentinho. Atenção, firme! Pronto, obrigado, é claro, ficou muito boa, vai ver. Porra, e esta agora, me chamam, estão me gozando é, espera um segundinho tchê, até eu acabar de revelar e copiar esta foto, é um já.
 Te pões, aí, a imaginar e recompor o passado, um mundo antigo, próximo ou distante, plausível ou inverossímel. Nem te importa se realmente real e acontecido. Para ti, agora, ele adquire uma indiscutível verdade, uma autenticidade mais autêntica do que apalpável que tens diante de ti. E logo, tu não és mais tu, sendo, no entanto, tu-mesmo.
 Te imaginas tu-teu-tio, pouco antes chegado da pequena vila de Kfarssouroun, no Líbano, mal sabendo meia dúzia de palavras do português, por favor, jura pra Deus, compra freguês, vende baratinho, obrigado, té logo. Linguagem de gestos e símbolos que carregas com tua mochila. Mascateando.
 O resto da família ficou em Santa Catarina, acolhido por uns vagos parentes, naquele Biguaçu quase outra Kfarssouroun, vilarejo pobre e desirmanado, a única rua poeirenta, o riozinho lerdo com repentinas explosões de fúria tudo arrastando.
 Sozinho, nem te explicas bem o motivo, te desgarraste, resolveste o aventurar. Qual a razão da escolha? Por que logo

esta Porto Alegre, onde agora pervagas, perdido, apenas com tua solidão e amargura, entre pasmado e indeciso? Estás justamente nesta praça. Nela irás te reencontrar, já outro tu, quantos anos depois? Trinta, cinquenta? E nem te importa se a praça não existia como vai existir no futuro, se o restaurante no qual deverás te encontrar não existia. Passa a existir para ti, tu o ergues pedra após pedra, tijolo após tijolo. Igualmente pouco importa se o lambe-lambe inexiste neste passado. Mentira! Existe. Tu queres que ele exista.

Sim, sim, sim. Existirá para ti, será uma força viva gravando no papel, para a posteridade, depois de manipular filmes e ácidos, as figuras que circulam, as anônimas que compõem a multidão, ou o Prestes que nunca se livrará da Coluna e que sub-reptício na calada da noite se dirige para um inútil encontro com o Getúlio, que por aqui acabou de passar em sua caminhada para a presidência, enquanto o Érico, sentado num banco sob esta mesma jovem árvore, sonha romances que latejam dentro dele, lhe explodem pelo cérebro, lhe comicham por todo o corpo; e briga e discute com personagens que o atormentam, pedindo, exigindo sair e viver.

E é também deste passado-presente que ressoam os versos do malogrado poeta, ferido e morto em uma das muitas lutas intestinas:

Ó tu que vens de longe – ó tu que vens cansada entra, e sob este teto hás de encontrar carinho

A voz coleia, os versos se espraiam, as palavras se alongam, perdem-se ao longe, retornam. Ditas por quem? Pelo autor, por amigos? Ou desconhecidos que os repetem ininterruptamente, encharcando a cidade com sua tristeza e melancolia.

Eu nunca fui amado e vivo tão sozinho
Vives sozinha sempre e nunca foste amada (1)
As palavras extravasam para a praça, impregnam a ár-

vore, te atingem, permanência gravada no teu antigo eu, mais sensação que entendimento.
O lambe-lambe não tem noção de seu papel na história. Procura ganhar os poucos mil réis com que, ontem-hoje-amanhã!, irá se alimentar e aos seus. Mas se lhe fosse possível arrolar os muitos cliques de seu dedo acionando a velha máquina, se ele pudesse recuperar as cópias que foi largando ao correr dos anos, ter-se-ia, por certo, uma parcela viva e vivida da cidade, a psicologia de sua gente, os hábitos e costumes de seu tempo e seu povo.
Pode-se, então, imaginá-lo, por um momento, consciente de seu papel de fixador e guardião do passado. Ei-lo aqui: flui de todo ele um mundo latejante de vida, vivência impressentida. Não, não vista do futuro; não, não percebida do passado; mas acontecendo, sendo, num processo permanente que a liberdade criadora permite, tudo agora, passado-presente-futuro, precisamente neste exato momento. Vai começar em que passado? Em que futuro? Em que presente? Pouco importa! Pode-se recuar até os primórdios da fixação da terra, até este Porto dos casais, visualizando os primitivos açorianos, os primeiros alemães, as escaramuças com os índios expulsos do que lhes pertencia, a chegada dos escravos. Depois as lutas, os Farrapos de Garibaldi e Anita, as revoluções, golpes, guerras, grandes e pequenas, internas ou externas.
Basta acompanhar os cliques, os atenção, firme.
E logo devassamos o passado, vivemos o presente, invadimos o futuro.
Estás, novamente, tentando reconstruir, reconstruir. Um passado fugidio e esquivo se abre diante de ti. Tu o recompões peça a peça. Mais: tu és parte dele. E se não o tens em ti como acontecido, tu o inventas com inteira liberdade à tua imagem e semelhança. Ele passa a acontecer. Existiu e tu exististe nele.

Maio, 1945. Por que não podes estar aqui nesta praça? Estás. Marchas com a multidão, que aumenta sempre mais, mãos dadas, gritas na explosão da euforia. Fim da guerra. Fim da ditadura. Todos sonham um porvir de liberdade e bem-estar. Velhos e jovens. Homens e mulheres. Riem, se abraçam, se beijam.
Ei-los: imutáveis, incorruptíveis. Fixados nesta amena e esperançosa noite de maio.
Um salto no tempo. E mais de 30 anos depois, em pleno meio-dia abrasador, te encontras posando para esta foto. O que representará, que lembranças ela trará a outro tu dentro de mais trinta e tantos anos? E que cidade será esta dentro de outros tantos anos?
Mas o passado é mais forte. Te puxa a ti, ou a tu-teutio. Outro recuo no tempo. Numa como nebulosa, a data imprecisa te lembra o quê? Mas a sensação é vívida, a emoção recuperada, a voz te chega íntegra escandindo as sílabas:
O barco azul, da parte sul, do céu fugiu?
Quem perguntou? Quem respondeu? Quem descobriu?
Alguém partiu, é alguém ficou sem desejar...
Também os astros têm vontade de viajar!
O que estás querendo encontrar? Que tragédia se esconde por trás destes doridos versos? Te esforças, os versos te envolvem, a imagem esfumaçada reaparece: um vulto se projeta no espaço, um grito de pássaro ferido chocando-se contra o chão.
Para este barco se afastar na madrugada
que luminosa transparência foi turvada?
A imagem se dilui, mas algo indefinido, um mal-estar sem nome, te corrói. Nunca se desprenderá de ti.
O céu que é alto e tudo vê – talvez a visse –
Porém falou? Se confessou? Que foi que disse? (2)

Em vão te interrogas: crise existencial, o mundo conturbado, náusea insustentável impossibilitando o agarrar-se à vida? Não sabes.

Quantas vozes iguais terão reboado por esta praça, quantos versos impregnado este rugoso tronco! Para onde terão ido, em que misteriosos universos se perdido? Atravessando a folhagem, o raio de sol incide justamente sobre tua cabeça. Na foto vais aparecer de cabelos brancos, avelhantado.

Então, por que não te imaginar dentro de 30-40 anos? Sim, é isto!

Aqui estás, exatamente nesta Praça XV, na mesma, igual e outra, no mesmo restaurante, na mesma mesa, na mesma cadeira, sob a mesma árvore.

Neste exercício de futurologia, como podes – ou deves, ou queres – te imaginar? Igual, mais moço, mais velho? Rodeado de que amigos? Como irás imaginar a cidade? Tentacular? Renovada? Asfixiante? Crescendo sempre mais? Acolhedora? Enfrentando novos e maiores problemas? Transformada? Subdividida? Desaparecida sob gazes mefíticos?

Num esforço de tudo quanto és, corpo e mente, músculos e emoções, intelecto e sensibilidade, te projetas neste futuro quando não mais serás.

Mas por que te imaginar? A cidade que agora crias para dentro de 30-40 anos já **é**. Nela tu já **estás**.

Preparar logo pra eles estas fotos, me sentar, pedir uma cerveja, um cachorro-quente. Porra! Aí estão eles, aqui na foto, vão me aparecendo por entre a água, estão me olhando, gozativos, como se não bastasse me olharem lá da mesa. Um momentinho tchê, é só fixar elas.

A cidade **é**. Nela **estás**.

Puxas de tua roupa pressurizada um minicomputador, apertas botões, surgem luzinhas que dançam, fazes somas e subtrações – e logo tens teus desejos atendidos.

Eis pratos e copos, eis a comida, eis a bebida. Lá longe, num lugar que não conheces, tudo é minuciosamente anotado no livro da tua vida.

Te deste a este luxo: em vez da alimentação convencional e balanceada, composta de cápsulas, da bebida que é uma pílula dissolvível na língua, um pó amarelento que te deixa opaco e lerdo, tudo retirado de frascos numerados e catalogados que recebes periodicamente no posto da tua circunscrição e carregas na bolsa adequada, resolveste fazer uma extravagância só permitida aos **gross-alfa**. E tu mal chegaste a ser um **civbeta-b**. Como bem sabes, são classes e categorias distintas que não podem se intercomunicar. Vivem em situações extremas e estanques, todos manipulados pelos soberanos e invisíveis **gross-gross**. A verdade é que nem podias ter tal tipo de minicomputador. É uma contravenção pesada. Ficas ali parado, admirando tua coragem em romper com as estruturas vigentes, ser um **o.f.f.** Suspiras, te sentas, pensas, esperas. Observas outros seres, todos identificados pelo número que, dividido em parcelas, carregas fixado na testa. Tu és o 000-500/8834-0-9912. Será que um dia chegarás a... Impossível? Impossível! Te irritas. Com a passividade geral, o... Pra isto é que... mas, temeroso, interrompes o pensamento, olhas para um lado e outro, reolhas. E se alguém te observa, se alguém lê teu pensamento?

Que será que estes filhos da puta vão querer com isto? Sete cópias, vá lá, entendo. Bem-bem, isto me dá mais uns necessários mil réis. Agora mais esta é que não entendo: querem também o negativo. Pois não, claro, que nada, qualquer coisa.

A automação atingiu o auge, a mecanização chega ao limite máximo. Então, embora arriscado e um tanto perigoso o que vais fazer, te aventuras: gastas um pouco de tua minúscula reserva. Com um ar de satisfação te autosserves. Ficas observando a comida natural, o bife, o arroz, a farinha, uma salada, a fumaça que se evola do prato. Tomas um gole de chope espumoso e gelado. Nem te lembravas mais do gosto que ele tem. Te recostas na cadeira e observas em derredor. Que te importa se, mais adiante... até se fores reacomodado... Estranho, ninguém apareceu para a reunião... o que poderá ter acontecido...

Mas isto não te basta. Queres uma recordação do hoje. O que te diz esta data, por que te sentes intranquilo? Não sabes. O que se esconderá no teu passado? Não queres pensar. Queres usufruir este momento. E então, indiferente às consequências, fazendo novas operações no minicomputador, acompanhando o luzi-luzir, eis que te autofotografas. O processo é simples: não há máquina, não há filme, não há fotógrafo – e de repente, em tua mão, miraculosamente, tu surges. Ficas te observando um momento: o rosto arredondado, o cabelo rareando e quase todo branco, a cara moreno-pelada, os olhos ariscos que começam a ficar mortiços, a fisionomia tensa, o ar falsamente risonho te reconheces te desconhecendo. Enquanto isto, num ponto distante, mais anotações, na coluna débito, estão sendo feitas no livro da tua vida.

Me lembro que quando era pequeno meu pai fazia fotos pra gente graúda. Agora... Só pé-rapado, pra documento ou numa emergência, quando se está com pressa. Quase pronta tchê, ótima, joia. Eles vêm cá pra beber, comer, rir, farrear, arranjar menininhas pros programas de logo mais, trepar, aporrinhar a vida da gente. Gente cheia de grana é isto mesmo: não tem o que fazer, então... Pois não, quase seca, muito boa, veja. Que me lembre é a primeira vez desde que trabalho aqui... Sim, podem olhar, mas não toquem, está úmida. Porra, esta vida é mesmo uma merda, eles aí numa boa e eu aqui fodidão neste solão danado, sem almoçar, a barriga roncando, sem enxugar uma birita, nem me oferecem um copo os fominhas. Pronto, quase secou, ah-ah-ah, é mesmo, eu não disse que este ângulo, legal. Ainda ter que rir pra eles, vontade de porreteá-los, cada dia fazendo menos, vou ter que me mandar, largar esta merda, procurar outro meio de vida. Mas qual, na puta da minha idade?

E o transporte? Não há movimento nas ruas, onde os bondes de antanho, os ônibus e automóveis de poucos anos atrás entupindo as ruas, invadindo as calçadas, tomando o lugar dos pedestres? Do convencional nada mais existe. Agora são os grandes coletivos padronizados para grupos de classe pré-escolhidos, trafegando sob o solo, com saídas estratégicas em determinados pontos na cidade subdividida em zonas para as diferentes categorias de pessoas. Em alguns aspectos lembram os antigos metrôs. Só que agora, para os que podem há... Sim, hoje resolveste fazer extravagâncias que te custarão... e não só em dinheiro... Fazes um movimento brusco com a cabeça, como quem diz que as consequências pouco te importam.

Terminaste a refeição, com ar de enfado te autofotografaste, documentando este instante de tua vida, documentando-te para o outro tu te ver, dentro de mais 30-40 anos, como és agora, cansado de esperar por teus comparsas te levantaste de sob a árvore, ela sim, ainda a mesma de outrora, mais rugosa quem sabe, última de uma espécie em extinção, solitária na paisagem adusta, milagrosamente salva das derrubadas, resistindo à depredação e ao calor contínuo e em constante ascensão.

Empunhas teu minicomputador, maquininha mágica onde voltas a fazer complicadas operações, logo te ajeitas no teu autocinto-propulsor, te autodirecionas, te lanças no espaço. Sensação de liberdade. És, por alguns instantes, dono de ti mesmo. Pairas, paras, planas, nem queres saber o que isto significará nas anotações do livro da tua vida. Comprometeste quanto? Pouco importa? Te orientas, vacilas, há muito que só usavas o coletivo subterrâneo, te reorientas. Te diriges de um lado para o outro, fazendo manobras, ganhando tempo, desviando-te de conhecidos e desconhecidos que te olham com estupefação. Vês bem; são três cores diferentes de trajes para todos os habitantes, azul, alaranjado, cinza, que se projetam contra o céu sem nuvens. Só que cuidado! Te distrais e quase há uma colisão. Foste olhar para a antiga rua da Praia, o prédio onde existira a Editora Globo, o local onde se encontrava o restaurante Dona Maria, e quase colides com uma jovem que flutua ao sabor do vento. Te desvias rapidamente, buscas rumo, ficas a desejá-la: o rosto vulpino, o corpo sinuoso, as mamas, o sexo. Te excitas. E se... Ela te observa, chamativa, lasciva se move-ondula, atenta a um sinal. Seria bom, quem sabe, sentir um quente corpo feminino colado ao teu, bem à moda antiga, os lábios se tocando, os sexos se tocando, tu penetrando-a. Os corpos se entrelaçando, o gozo intenso. O prazer – tentas recuperá-lo. Mas não! É demais. E se ela for **S.P.Y**? Ficas alerta. Se tu tinhas te direcionado, como podes ter quase colidido com ela? Sabes de estranhas histórias ouvidas em surdina, retransmitidas sigilosamente boca a boca. São casos de... É, elementos da guarda de proteção ao regime, os **segur-green**, que ficam na escuta, na campana, atentos, vigilantes, para flagrar os incautos. Qualquer transgressão pode resultar em... Pensas um pouco, sim, existem determinações rigorosas, ordens rígidas. Burlá-las é um perigo. Nem é bem o confinamento, mas a reversão a um estágio anterior, a impossibilidade de locomoção de uma área para outra. A mulher te fixa, parece fazer um gesto. Recuas. Se ainda fosse para a procriação experimental e periódica, com licença solicitada durante o período **f.r.e.e.**, vá lá. Que fazer? Depois, como não notaste o traje: ela não é da tua classe. Sim, que fazer? Olhar, desejar, sonhar. E puxando tua maquininha, apertar botões, realizar novas operações. E te autossatisfazer. Um fundo de melancolia te transpassa como um fino estilete. Tua imaginação se transporta para o passado, te puxa para um ontem que não mais sabes se viveste ou foi vivido, gulosamente por teu outro eu.

    O lambe-lambe acabou de fazer gestos cabalísticos, de mexer em seus misteriosos filtros – e logo passa às tuas mãos um instante fixado no tempo. Tu o empunhas como quem empunha o indestrutível, o para sempre captado num átimo. O lambe-lambe vai, ritualisticamente, entregando as demais cópias, uma a uma. As mãos recebendo as cópias. Os sete rostos atentos. Observando-as. Comentando-as. Mais uma vez te contemplas. Contemplas os teus parceiros, a partir de agora parte integrante de ti, um mitológico animal de catorze olhos perscrutadores.

Sim, ali está a mesa, ali estão pratos, copos, talheres, garrafas, ali estão vocês, ali está a velha árvore através da qual o sol se filtra e infiltra, querendo, também ele, desvendar-participar do mistério daquelas vidas, sondar passado-futuro que só existem em função do momento presente. Que já não o é.

Tu-teu-tio, que foste fazer na Porto Alegre dos idos de 20-30? Puxas, em vão pela memória. Buscas, então, te reencontrar num velho álbum de família. Só te localizas em duas fotos, de que possível lambe-lambe!

Na primeira, rosto arredondado e moreno, olhos tímidos e inseguros, amplo chapéu, baixote, entroncado, terno bem posto, idade indefinível, estás na rua, miras com ar aparvalhado para um inescrutável ponto distante. Te queres, então, nesta praça. Sob a mesma árvore, *maktub*.

O lambe-lambe ajeita a máquina, se mexe, se abaixa, se ergue, esconde a cabeça sob o pano preto, diz palavras que mal-e-mal apreendes, um "atenção, firme", gesticula, logo a cabeça ressurge, ele te sorri, conivente e aprovativo, pede que esperes, em pouco te entrega a foto e te estende a mão. Puxas alguns níqueis, ele reclama, a discussão simples mímica, vozes que se alteiam em redor, aglomeração, empurrões. Chegas a te atracar? Não, não! Não queres saber de encrenca. Mais alguns mil réis (que irão te fazer falta) trocam de mão. Te separas com um sorriso dúbio, foto na mão, por entre os olhares curiosos dos passantes, te afastas e somes na praça logo a foto estará em Biguaçu e Kfarssouroun.

Na segunda foto, tua irmã, tua noiva, teus amigos, teus patrícios, todos com ar compungido e incrédulo, enquanto tu, especado, duro, mãos postas, flores cobrindo-te o corpo, rosto tranquilo, estás indiferente. Nunca soubeste a razão da tua morte. E aqui não adianta, ou pouco te adiantará, o poder criador, a imaginação e a inventiva. Sim, poderias inventar teorias, armar fabulações, histórias de crimes ou doenças, de acidentes, de desacertos na cidade grande e desconhecida, de fome e miséria, de grandeza e riqueza, de noiva violentada, de vingança malsucedida. Mas tudo soaria falso e irreal. A dramática verdade é que, tu-teu-tio, nunca soubeste o porquê da tua morte. Muito menos os teus, tua irmã que se atirou da distante Biguaçu, tua noiva há pouco descoberta num bairro de Porto Alegre, teus patrícios e amigos, que inutilmente se interrogam do fundo da foto, fixando chorosos teu rosto.

    Eeeeeeeeeeessses moooooooços
    Pooooooobres moooooooooooooooços
    ah, se soubessem o que eu sei
    Não amavam, não passavam
    aquilo que eu já passei (3)

Te deténs. Forças a memória. Mas ela se recusa. Queres recuperar algo, reter algo. Te concentras. Como num caleidoscópio as imagens vão e vêm, o tempo vacila, avança e recua, se compacta, se fecha. Não há mais passado-presente-futuro. Agora, só os versos vagam. Boiando no nada, só a voz flutua, num tempo sem limite e sem espaço.

    Foi quando? Não sabes!

    Uns dedos brincam com as cordas do violão, depois a melodia se eleva, longe, em seguida mais próxima.

    Neste fim de noite as mesas do restaurante se enchem, pessoas afluem da praça: jornalistas, políticos, escritores, casais de namorados, boêmios, mulheres em busca de aventu-

ras, moços que procuram fugir à solidão, eeeeesses mooooços, poooobres mooooços, estranha fauna de notívagos.
 E tu, que buscas? Por que te encontras aqui? É tua primeira visita à cidade desconhecida? Quem és tu? Procuras
matar o tempo antes que na sua caminhada ininterrupta ele
te engula, saíste pelas ruas, acabaste nesta mesa, neste restaurante, sob esta árvore, agora segues atento a roufenha voz
do seresteiro. Nas mãos dele o violão chora, os versos vo-
leiam, sobe um tom mais a melodia para logo se abaixar num
soluço e ficar vibrando.
 Sem coragem de te aproximar. De tua mesa, sob tua árvore, tu observas. A noite começa a se fundir com a aurora,
diluindo-se enquanto os últimos acordes se perdem na praça
e um vulto solitário, máquina ao ombro, se aproxima e te
encara.
 Úmidas, brilhantes, as fotos ali estão. O lambe-lambe
lambe a cria, sorri, feliz um instante por haver naquele instante fugaz fixado um momento do tempo em sua passagem
perene, aprisionando-o, vencendo-o, domando-o. Eis sua
vingança: ele o capturou, captou-o para sempre, imutável.
 O lambe-lambe recebe o que lhe devem. Resmunga, sai.
 Te debruças, mais uma vez, sobre a foto, auscultando-a,
perscrutando-a, buscando desvendá-la. Reencontrar-te no
ontem, no hoje, no amanhã. Em vão. É inútil. O momento,
que passou e que ali está gravado, é e não é ao mesmo
tempo. Tu és o mesmo e és outro.
 Te miras e remiras, te observas, te investigas, pasmo.
 Do fundo da fotografia, que já começa a esmaecer, sete
pares de olhos te fitam, cúmplices. Cúmplices?

> Obs.: os versos citados são, pela ordem,
> de Alceu Wamosy; Nilson Bertoline;
> Lupicínio Rodrigues.

> Cachoeira do Bom Jesus, fevereiro, 1982

AS QUERIDAS VELHINHAS

para Aníbal Nunes Pires

Um pó amarelento tinge o acolchoado escuro, o rolinho se desmanchando mal vê a luz do dia. Esfarelou-se antes que os dedos o pudessem abrir. Com extremo cuidado eles apanham outro igual. Em vão. O mesmo pozinho forma um minúsculo monte, se espalha, logo a aragem o carrega e dissolve. No fundo caixote, dezenas, centenas de rolos semelhantes, amortalhados lado a lado. Os dedos titubeiam, indecisos, não sabem se tentam novamente. A mão desce brusca, tateia, busca, vai ver este não se desfará. Inútil. A profanação prossegue. O caixote é colocado num canto do quarto, perto da janela aberta, um raio de sol incide nele, o aquece – e logo tudo se transforma em poeira dourada, que flutua, paira, para no ar. Se some. Agora o colchão é removido da cama, destripado. A faina é em silêncio, mãos ávidas vasculham. Do meio, lá de dentro, surgem montes de notas de mil réis enroladas como cigarro palheiro. Devem estar ali há muitos anos. Ao serem desenroladas mostram que perderam por inteiro o valor. Afanosamente o inventário continua. Ringir de gonzos, gavetas abertas com dificuldade, barulho de armários arrastados, peças de roupa atiradas para os cantos, baús e caixas de madeira ou papelão destampados. De um tempo distante vão surgindo os mais estranhos objetos, moedas azinhavradas, patacões de cobre e prata, mofentas correntinhas com medalhas, atoalhados de tricô, pacotes com finos lenços de cambraia bordados a fio de ouro, caixotes com discos intocados, olha aqui um Mário Reis numa gravação original de "Gosto que me enrosco" e "Jura", sambas do Sinhô, gravuras inglesas e francesas, tecidos de cachemira comidos pelas traças, louças da Índia com delicados desenhos em relevo, talheres de prata lavrada, retratos de artistas de cinema, veja o Valentino numa cena de "O Sheik", aqui a Teda Bara. A busca se torna frenética. Que tesouros estão (estarão?) escondidos ali, afinal o que já se encontrou é quase nada perto do que se murmurava, que passado ressurgirá aos poucos do interior daquele casarão inviolado. As mãos puxam um embrulho de papel pardo, arrebentam sôfregas o barbante, o sopro levanta camadas de poeira suja e antiga que atinge os olhos e provoca lágrimas. O papel manchado e gasto mal permite ver as palavras, algumas letras estão esmaecidas, borradas. Os olhos se esforçam, precisam, querem ler, o que conterão aqueles papéis, o que irão enfim desvendar? "... ntas... des... e creio que... tarei... aí... ste... sei que é pequeno... pres... con..." Interrompem a leitura. A decepção se manifesta nos gestos, nos suspiros. Recorrem a outros. Nada que justifique... o quê? Não sabem ao certo. Um fundo desencanto, ora veja, o que significa isso, quem diria, onde os valiosos tesouros a que todos se referiam. Os documentos. Mãos e olhos continuam infrenes na busca, se chegam depois ao janelão, observam as árvores, o jardim abandonado. E um riso solto espouca. Imaginemos o que as queridas velhinhas teriam desejado significar com tanto mistério. Teriam mesmo? Ou as pessoas, a cidade fantástica e fantasiosa é que, em torno delas, construía histórias que nunca haviam existido? As duas velhinhas simplesmente viviam a vida delas. Viviam?

Como um monstruoso e interminável edifício a que se adiciona pedra sobre pedra, andar acima de andar, peças se emaranhando e coleando, argamassando-o com verdades, meias-verdades, insinuações, realidades, alegorias? fantasias e fantasmagorias, ilações, sugestões, imaginação exacerbada, vai-se construindo, lenta mas incansavelmente, o arcabouço de histórias sobre as duas irmãs e o casarão que as envolve. As histórias fluem e refluem, entram em compasso de espera, parecem morrer, renascem a um sopro invisível, readquirem força e vigor, e novamente, num processo permanente como no fluxo e refluxo das marés, vão e vêm. Gerações, famílias, indivíduos, acrescem um fato, modificam uma faceta, subtraem um aspecto, juntam, fundem, adicionam, subvertem os dados do problema. A imaginação coletiva entra em ebulição. Torna-se dia a dia mais difícil desentranhar o que há de fantasioso do que existe de verídico. Não se pode mesmo delimitar um campo exato entre estes dois pontos, pois eles se interligam e complementam. O passar dos anos só faz aprofundar e tornar tudo mais complexo, difuso, emaranhado. Murmuram-se nos serões familiares histórias de amor e renúncia, as duas irmãs amando o mesmo homem, abrindo mão dele uma em favor da outra, intransigentes no seu amor e na sua renúncia, depois ao homem renunciando, ambas louras e lindas vagando pelos salões do casarão, perdendo-se-encontrando-se nele, unidas na mesma dor e no mesmo amor, vendo o tempo caprichoso escorrer, as pessoas que as rodeavam sumirem, a vida se fechando sobre aquele tumulto túmulo de paixão, elas se amando odiando queimando no mesmo fogo. Cochichava-se na pracinha em frente à igreja de amores incestuosos, deformações e traumas, caprichos e tragédias, filhos adulterinos sacrificados, de uma ou de ambas, e elas vagando como sombras pelas salas, pelos quartos, pela cozinha, raramente aventurando-se no amplo terreno que rodeava a casa, ou chegando à janela para tentar devassar através das árvores que com suas folhagens tudo encobriam. Comentava-se na vendola do "seu" Zé, ao luscofusco, vendo a noite pingar lerda e o riozinho escorrer, todos pitando palheiros e bebendo uma baga queimante, o estranho episódio do jovem negro (escravo? liberto?) por quem uma das irmãs – qual? – se apaixonara, os olhares à distância, a força insopitável do amor, os encontros ao longo da noite, ele se esgueirando pelas galharias das árvores que davam sombra ao casarão, entrando pela janela encostada, num amanhecer tiros quebrando o silêncio e interrompendo os gemidos, o corpo arrastado, o sangue salpicando o madeirame, o cavar urgente no fundo do terreno, o corpo jogado, a luta para ganhar do amanhecer, que tudo estivesse completado, passasse despercebido, hoje papoulas de estranha textura e coloração e jasmineiros de estonteante aroma ainda demarcam o local, estrumados com ardente sangue humano, a imaginação fervilha, detalhes são adicionados, minúcias acrescentadas, novas informações desencavadas, era um marinheiro de passagem pela terra, era um primo distante, era a outra irmã enciumada que denunciara, Ti'Adão é consultado, titubeia, reticencioso, insistem, ele devia saber, calculavam-lhe a idade, outros interferem, querem conhecer a opinião do Lauro-barbeiro, do professor, parentes, mas eles são omissos, ou nada sabem mesmo, ou nada existe, Serafim diz que seu filho com poderes extrassensoriais teve uma visão ligada ao tesouro mas onde todo o drama da família das duas irmãs surgia nítido, está interligado, fora um dos flibusteiros, deixassem ele investigar, por ali deviam estar enterrados os dobrões. Mas havia os defensores das virginais donzelas, que definhavam vigiadas pelo severo pai, senhor de antanho que tudo dominava. O que ninguém aceitava era a vida cinza, amorfa, igual, sem flutuações nem variações. E num inexplicável fenômeno dissociavam as moças das velhas, ao mesmo tempo que as fundiam. A cidade fervilhava, os boatos se contradiziam. Biguaçu vivia, mais uma vez, agora com uma motivação extra, aquele clima que vai da casa dos principais ao mais modesto barraco, atravessa ruas e becos, senta-se em praças e bares, vara noites e dias – um clima exacerbado, carregado de sexo, de violência, de tragédia, de paixões tumultuosas, de contradições. Só as duas queridas velhinhas permaneciam inalteradas no casarão amarelo, ilhadas, como se nada daquilo dissesse respeito a elas. Dizia?

A primeira velhinha morreu às 19h35. Exatamente 22 minutos depois morria a segunda. Finaram-se bem de manso, foram se apagando como uma vela que chega ao fim sem que um leve sopro a apresse. No momento exato, preciso. Agora, estiradas lado a lado como estiveram sempre, mais ainda se assemelham. Na conformação do rosto miúdo de maçãs salientes, no nariz afilado, no cabelo branquicento, nos dedos finos e diáfanos, na idade indefinível. Gêmeas? Parece que não, mas ao certo quem o saberia! Com o decorrer dos anos, o mútuo e quase exclusivo contato, e o desaparecimento de gerações próximas a elas, iam se transfigurando em lenda, mais se identificavam em tudo, interior e exteriormente. Não só se igualavam na aparência e no ser, mas fundiam-se aos móveis escuros e pesados, aos retratos dos parentes, aos lustres, à paisagem circundante, até ao ar de mofo e antiguidade. Mesmos hábitos e costumes, mesmos tiques e achaques, mesmos gestos e andar claudicante, mesmo risinho para dentro. Habitavam há dezenas de anos aquele casarão igualmente velho e de arquitetura incaracterística com pretensões a barroco, a pintura gasta de um sombrio tom amarelo-sujo, enormes janelões e numerosas peças, rodeado de árvores seculares, no centro de um terreno amplo e abandonado. Viviam sozinhas na herdade da família. Solteironas, frugais em tudo, elas se bastavam. Não recebiam visitas, nem dos raros e distantes parentes. Estes, de tempo a tempo, passavam uns minutos para saber se elas precisavam de alguma coisa. Nunca precisavam. A empregada, antiga escrava, mais velha do que elas, morrera. Agora, para compras e eventuais recados, utilizavam-se de um mandalete, neto da empregada, gurizote espigado e sardento. Mas ele nunca entrara na casa, falavam-se através da janela, fervia de curiosidade em saber – e contar aos amigos para quem inventava – o que havia naquele interior. As velhinhas! Sim, as duas velhinhas, as queridas velhinhas do casarão amarelo. Até o nome haviam perdido, sumido no tempo, memória de um passado extinto. Todos a ambas se referiam como as duas queridas velhinhas do casarão amarelo, lenda, folclore, imaginação, fantasia, realidade, atração turística do vilarejo. Passar em frente ao casarão e mostrá-lo tornara-se num hábito. Ver as velhinhas uma honra, elas chegam à janela às dez horas da manhã, não, ontem eu vi elas pela tardinha, eu já vi um dia à noite, ah, essa não, e eu que já vi na rua. Entrar no casarão um privilégio. Do teto pendiam teias de aranha de minucioso rendilhado, os lustres agasalhavam camadas de poeira, paredes rachadas deixavam escapar pedaços de reboco, os azulejos portugueses da cozinha e do banheiro se desprendiam e pareciam descobrir-se. Sombras erradias, elas pertenciam a um mundo antigo, desaparecido. A imagem das duas velhinhas era a de um retrato esmaecido pela idade, descoberto num baú de guardados. Imutável essa imagem, incorroível, fixa, gravada pela pátina do tempo, ninguém acreditaria que numa época qualquer pudessem elas ter sido jovens, brincado crianças, tido sonhos e fantasias, desejos e aspirações, circulado pela cidadezinha, namorado, participado de festas e intrigas. Mesmo quando se murmurava – e murmurava-se muito – num estranho fenômeno dissociavam-se as duas velhinhas queridas das antigas e românticas jovens. No tempo e no espaço que as pessoas abarcavam a lembrança da imagem de ambas não mudava, a imagem não tinha por que mudar. Os passantes – eles sim mudavam, variavam, envelheciam, sumiam – as viam à janela, rosto miúdo de passarinho quase colado, olhinhos vivos, debruçadas, indiferentes ou atentas ao menor rumor de um mundo que elas ignoravam, a um movimento que lhes era hostil, não-não, hostil não, o que é isso, desconhecido, estranho, que elas queriam compreender e apreender. Queriam?

Ao redor delas a paisagem se decompunha, se fragmentava, metamorfoseava-se a terrinha que as duas conheciam de muito antes, de tanto tempo, tanto. Que agora reconheciam-desconhecendo. Sem muito entusiasmo. Sem nenhum. De ouvir dizer. Procuravam reconstituir o passado, que o hoje não chegasse, ficasse lá distante. Queriam recompor a cidadezinha pacata (de que época, de qual período, qual delas?), com seu rio e sua ventania, sua chuvinha irritante e seus dias ensolarados, o aqueduto e a pequena ponte de ferro. Ou a ponte era mais recente, de hoje? O aqueduto sim, este existia, pré-existia mesmo a elas, corriam boatos a respeito dele, o preto velho Ti'Adão falava de escravos batidos, de fantasmas que à noitinha atocaiavam as pessoas, de gritos e urros. O rio fluía rápido, ou lento, perene. A vida fluía rápida ou lenta, perene. A terrinha, esta mudara. Quando teria ela começado a? Quando o asfalto atravessara a rua principal? Por que o velho padre deixara de visitá-las? E Ti'Adão, por onde andaria? E o austero pai, que inda agorinha passou no salão com seu rebenque. E o primo... Começavam, mas o pensamento se interrompia. Misturavam alguns fatos e datas, confundiam acontecimentos "recentes"; para os outros, em especial de antanho, eram quase sempre lúcidas, atiladas. Olhavam-se, olhos piscos, o risinho interior reboava pelas paredes, moviam a cabeça em uníssono, estranho, muito estranho, não se haviam dado conta do processo de modificação. Balouçavam a cabeça, remoíam, fora ele lento ou rápido? – o que para ambas, afinal, já agora era indiferente. Postadas à janela, cotovelos fincados no madeirame gasto, recostadas na cadeira de palhinha, de palha trançada, circulando pela cozinha, o tempo fluía invisível, ou não, escorria lento e morno, pingava grosso gota a gota. Infindável. Seria? As velhinhas quase não se falavam. Monossilábicas, entendiam-se nas suas necessidades mínimas por um gesto, um meio olhar, o mover dos lábios ou de um dedo, um mexer de ombros, um suspiro. Os esquivos e distantes parentes as tratavam com um carinho repassado de ironia, que elas não percebiam. Ou fingiam ignorar?

Minhas tias-avós – o professor cinquentão ri, um risinho nervoso, desencantado, lembrando lá muito no fundo as velhinhas – eu me dava bem com elas o quanto era possível, mas não tínhamos muito contato, sabe, aliás ninguém se relacionava com as duas. Um distanciamento, deixe ver, elas é que pareciam evitar, olha, eu por mais que me esforce não consigo imaginá-las de outra forma, para mim sempre foram assim, naquele jeitinho lá delas. Não, não saíam de casa nem para ir à missa, antes de morrer o padre vinha vê-las, depois não sei, ah-ah, mas se não vinha também não faziam questão, até melhor, ou igual, católicas à moda delas, resmungavam umas rezas, mastigavam, ficavam caladas horas, dias, meses, anos. Sei, sei, estou talvez exagerando, não, por que mágoa, era absurdo o que se dizia, joias, dinheiro, ações, caixotes de dobrões de ouro. Fantasias. Coisas de quem não tem o que fazer. De onde viriam, hem, é, a casa nada vale, imensa, nunca permitiriam que se fizesse um conserto, um reparinho qualquer, tocasse em nada, certo, o terreno sim, vale, vale. Eram estranhas, perdidas lá no mundo delas, ou não, achadas nele, achadas, eu sei, sim, quem sabe estou construindo em cima das coitadas e do que elas foram uma imagem antiga e falsa, artificial e imutável.

Somos parentes afins, nossos avós vieram da mesma vila em Portugal, Póvoa de Varzim, mas escute – Lauro-barbeiro faz uma pausa, apalpa a careca, pensa, fica em silêncio, esquecido, distante – o que, ah, sim, é, veja, não que eu não queira, mas verdadeiramente não consigo me lembrar delas antes, para mim parece que sempre foram assim, engraçado não é, idade, deixe ver, ..., a minha, é, não, setenta e seis, para que me envelhecer um ano, já não basta, elas deviam andar pelos noventa, por aí, mais até, novecentos, ah-ah, que quer que lhe conte, não me recordo de nada, sim, vivemos sempre aqui, devia saber, devia me lembrar, herdaram o casarão de um tio, conheci, era dos pais delas, era, não sei, quando conheci o tal tio, ah, quando ganharam o casarão, deixe ver, não me lembro, vai ver nem era do meu tempo, como vou, é, era, as coisas, um primo-irmão que viajava, comandante de navio mercante, mandava as coisas mais estapafúrdias dos quatro cantos do mundo, esquisito, me parece que elas nem abriam, gozado, isto aguçava a curiosidade de todos na cidade, nem que fosse de propósito, penso que elas, era comum os antigos esconderem dinheiro em casa, e objetos, eu mesmo, sim sou antigo, mas me modernizei, histórias dessa gente que não tem o que fazer, cidade pequena sabe como é, nunca me constou que tivessem sido jovens, mas pode ser, não, se sempre foram assim encarquilhadas, nasceram assim como estão hoje, o que, não me lembro, quem sabe o professor pode esclarecer, me parece que nos últimos anos, trinta, não saíram de casa uma única vez, nem durante o dia quem dera de noite, que mais lhe vou contar, sei mesmo não, há um vazio no que se refere a elas, no entanto para outros acontecimentos antigos, mais antigos, ou não, antigos, outras pessoas, minha mãe morta faz tanto e aqui está, morta jovem, meu pai e seus olhos chispantes, mesmo minha mulher, tudo me surge nítido e vivo... vivo... inexplicável...

Era gozado, papai às vezes pedia que a gente fosse lá vê-las, se precisavam de alguma coisa – a meninota coça o nariz, passa a língua nos lábios macios, os olhos brilham de excitação, estufa o peito onde o biquinho dos seios desponta agressivo – eu entrava, ficava no salão, na porta, um cheiro forte e desconhecido me atingia, vinha delas, daquele interior indevassável, da casa fechada, dos móveis, do teto alto, dava para fazer fácil mais um andar, mas a madeira começava a apodrecer comida pelo tempo e pelos cupins, descia um pó fininho que vinha pousar nos cabelos brancos, nas roupas. Agora me lembro, estranho, deixe eu pensar, só agora, será mesmo que elas usavam sempre a mesma roupa, e branca, hem?, pegou a ideia, sempre-sempre a mesma roupa branca, de um branco diferente não esse branco comum, eu ficava ali especada, dura, olhando pros quadros de antepassados, tentando devassar o interior do casarão, lembrar' as histórias que circulavam, esperava ver aparecer nem sei o quê, minha imaginação corria, galopava, recuava, romances, estranhas aventuras, eu me perdia, eu queria ser elas, descobrir, descobrir, e aí a vozinha saía fina, neutra, me puxava de volta para a porta, uma começava a outra terminava, vais bem, uma dizia, e teu pai, a outra continuava, mandam lembranças e perguntam pela saúde, ambas riam, deliciadas, eu não via a graça, vamos, era uma, como Deus é servido, a outra, mas podia se mudar a ordem, e gestos, voz, entonação, tudo vinha igual. Ficávamos as três quietas, eu queria continuar, não podia, tolhida, inibida, esmagada, um tumulto, esquecia que desta vez eu ia invadir a casa, saber do que se cochichava. E, de repente, ambas abriam a boca e diziam juntas, pausadamente, cadenciadamente, abraços em todos, abraços, eu sentia que elas queriam que eu saísse, fosse embora, não poluísse aquele ambiente, não o conspurcasse como diria o senhor professor meu pai, eu queria resistir. Não dava.

Aquele ambiente. O risinho reboa fino pelas paredes, o sussurrar aquece a sala, os quartos, a cozinha, as dependências, a sombra delas paira, os passinhos curtos deslizam, o suspiro macio toma conta das numerosas peças, a cadeira de balanço (palhinha trançada) parece se mexer ao peso do corpo (de uma, de ambas), o cheiro da comida se escapa da cozinha onde panelas estão quietas, o fogo apagado, morto, no banheiro o vento balança uma inexistente toalha encardida, na poça d'água da pia um restinho de sabonete se derrete e a espuma desce lenta pelo ralo. O aroma dos jasmineiros em flor enlanguesce, entontece. Um sopro de vida pervaga, persiste, parece se acentuar. Uma outra vida, um outro viver, fremente, tempestuoso. No quarto, na cama, cobertas, estiradas, duras, indiferentes à invasão de seu mundo, as duas velhinhas. O movimento insólito fere o silêncio, quebra a harmonia construída ao longo de anos, de séculos. E logo, limpinhas, arrumadinhas, em caixões iguais, com roupas brancas iguais e o mesmo sorriso dúbio, eis as duas irmãs no salão, guardadas pelos móveis que as acompanharam vida em fora, observadas pelos retratos lá das paredes, embaladas pelo monótono tique-taque dos relógios. O bruxulear das velas joga sombras dançantes sobre os rostinhos de pássaro, que parecem reviver e fremem. Por um fugaz instante, se transmutam, ressurgem neles as jovens, com suas tranças louras, a pele fina e acetinada, os olhos cintilantes. A miragem some. Pessoas quietas e solenes entram, passam, observam os dois rostos se possível agora mais idênticos ainda, fixam-se nas mãos cruzadas e diáfanas, se detêm uns instantes a admirar a roupa cheirando a mofo e naftalina, caminham, procuram um lugar, sentam. Levantam. Grupinhos se formam, outros circulam pelo interior, vão matar a curiosidade há tanto reprimida de enfim ver o que existia ali. Cadê os tesouros? Cadê os segredos? Os mistérios? Mas caminham com passos dela, o silêncio tudo envolve e acolhe, o barulhão lá de fora não penetra no casarão, intimidado. As árvores, o pátio, a galharia folhuda, o cheiro sufocante dos jasmineiros, o muro, as paredes grossas, os próprios móveis – tudo parece proteger ainda as habitantes, querer retê-las. Expulsar os invasores. Mas há algo sutil que se intromete, sub-reptício, e quebra aquela harmonia, deteriorando-a. O que teria mudado – ou acabado – com a morte das queridas velhinhas? Pouco depois, é a terra a envolver no esquecimento aquelas vidas de um mundo sumido, que não viveram. Não viveram?

VELHICE, UM

Bati às portas da casa, uma e muitas vezes. Nada. Som algum lá dentro se fazia ouvir. Toda insistência foi inútil. Saí. Fui percorrer outras casas, ver outras pessoas. Suava. Um calor forte jorrando, despencando em catadupas do céu, a manhã alongava-se. A sacola me pesava e eu desejaria já ter feito todo o trabalho, distribuído as fichas. Então voltaria para casa, tomar um bom banho, refrescar o corpo, estirar-me na cama, descansar ou ler. Os pés me doendo, doendo, eu já não sentia muito bem a rua, deixava-me levar, quase automaticamente. Pessoas passavam, me olhando. Nas portas em que eu batia vinham crianças atender, ou empregadas, depois, então, em geral, senhoras de avental, ainda enxugando as mãos, suadas, passando o braço na testa, num gesto característico. E eu me desculpava da intromissão, em hora tão insólita, explicava o que queria, todas escutavam atentas, os filhos pequenos me rodeando, curiosos, informando-se sobre o que era e não era, trocando sorrisos maliciosos, olhando muito para a sacola enquanto a mãe ralhava mandando-os entrar, não "aborrecer o seu moço". Os pequenos se punham a rir, se afastavam, ficavam a me olhar de longe, espreitando, apontando o dedo, iam chamar outras crianças. À saída alguns me acompanhavam, outros iam adiante de mim, avisar nas casas seguintes, aos gritos de: "olha o homem da luz, vem ver a medida!" e eu sorria à pessoa que me vinha atender, esclarecendo que não.

O trabalho, sempre igual e monótono, sempre com as mesmas explicações, continuava. Algumas pessoas me recebiam de cara alegre, outras resmungavam. Havia as que não queriam que eu deixasse os boletins para os recolher mais tarde, já preenchidos, como era de praxe, porém desejavam que eu, ali mesmo, na hora, os preenchesse com elas, para os levar de pronto. Assim evitaria novos incômodos para ambos – o que não deixava de ser verdade. Lá tinha eu então que dar novas explicações, de como tal era impossível, em vista do tempo que me iria tomar, de como eu tinha de fazer antes, primeiramente, a distribuição total, em determinado tempo; só depois começar a coleta. Aí sim, caso alguém não tivesse entendido, eu auxiliaria, dando os esclarecimentos necessários de como preencher, ajudaria mesmo a preencher.

Mas já a manhã avançara, tive que deixar o resto para a tarde. Retrocedi caminho. Lembrei-me de bater novamente naquela casa com aparência de sumamente velha. Era de dois andares, poída pelo tempo, gasta. Toda lascada, tijolos caídos, a caiação não se sabendo mais de que cor teria sido, as portas e janelas do andar térreo encardidas, grossas, de uma cor indefinível.

Bati e bati. Em vão. Lá dentro o eco rebeava, solitário. Estranhei. Haviam-me garantido que ali moravam pessoas. Então por que ninguém atendia? Tudo fechado, morto, silencioso. Há dias que isto vinha se repetindo. Estariam de viagem? Não quis me informar na vizinhança. Não gosto. Além do mais estava doido de vontade de chegar em casa.

Larguei tudo, fui marchando, sempre procurando a sombra dos prédios, pois o sol de meio-dia dardejava, seus raios queimando, queimando. Agora muitas pessoas passavam, às corridinhas, fugindo, em busca do aconchego macio e acolhedor dos lares. De um lado e doutro da rua, as casas pacholas se erguiam, desirmanadas; oferecendo parcas sombras invadidas pelo sol. O suor escorria, tudo parado, sem sinal de vento. Um bafio se erguia da terra, unia-se às pessoas, deixando-lhes, por todo o corpo, uma lassidão sem nome. Cheguei, me lavei rapidamente, estirei-me no leito. Uma paz enorme. A cabeça boiando. Via tudo no ar. Olhava a lâmpada lá em cima, tão pequenina e rebrilhante. O abajur, me via, minusculíssimo, refletido nele. Olhei-me, me fiz caretas que não consegui perceber. Mirei então o quarto, os livros esparramados pelas estantes e mesa. Depois deixei que meus olhos corressem para fora, para a nesga de paisagem estendida ante mim. Mas dois homens parados conversavam. Retirei os olhos. Como os homens quebravam a estética da paisagem, a deformavam!

Tentei ler. Não pude. A cabeça me ardia. Leve, leve.

Estava vendo que não me adaptava a tal espécie de serviço. Bem via agora o que sempre havia adivinhado. Eu era uma nova espécie de urso, que amava a solidão, sem o contato diário com a humanidade que sofre e luta. Talvez covardia. Gostava dos lugares escuros e sombrios, escritórios ou bibliotecas onde pudesse me enfurnar.

Mas a necessidade me obrigava a sair, procurar meios de sustento, lutar. Ali deitado, vagamente adormecido, amaldiçoei a miséria, os homens, a mim mesmo que não conseguia me adaptar. Via-me para ali impotente e ridículo...

... já me chamavam para o almoço. Fui. Fiquei olhando para aquelas fisionomias que me eram quase indiferentes. Odiava a companhia de pessoas que não me compreendiam, me interrogavam. E me odiava por necessitar delas, por não me bastar, por não poder viver sem o contato dos outros. Calado, assistia-os falar. Fechava-me num mutismo indelicado, sem nome, brusco. Acabado de comer, logo me retirava, voltando ao quarto, me estirando novamente.

Da sala, me chegavam, mais fracos, risos, conversas. Gostaria de não ser só, de ter afinidades, amigos ou parentes, não viver entre estranhos. Gostaria...

Um marimbondo doido voejava pela sala, perdido, perdido. Batia na janela, nos vidros, certamente estranhando não poder escapar. Um marimbondo doido...

... Parece-me que adormeci.

Tocam-me no ombro, levemente, depois num sacolejo brusco.

– Olhe, duas horas, apronte-se...

Duas horas, saí de novo, continuar a distribuição, com um único desejo, e era o de acabar com tudo o mais rápido possível.

Sentia-me deprimido como nunca. Cansado.

O calor persistia. Longe, prenúncio de temporal.

Passei na mesma casa de dois andares. Tudo igual, fechado. Olhei lá para cima. Curiosidade aguçada. Não me explico qual a razão. Desisti. Continuei o trabalho. Maquinalmente. Mero autômato.

À noite, desci para um bar, encontrei o chefe de turma, comuniquei-lhe "que ninguém mora naquele pardieiro". "Mas moram", me retrucou, "e você precisa dar um jeito de descobrir e fazer com que preencham a ficha, pois ninguém pode ficar fora. É ordem. Senão que é que adianta? A importância maior do serviço está em que seja realizado com o máximo possível de perfeição. Nosso lema deve ser: 'Sempre o melhor, ainda e sempre o melhor'."

Concordei.

Resolvi, no dia seguinte, recorrer aos vizinhos. Eu odiava pedir informações, qualquer espécie de favores. Observar aquele ar de fingida servilidade das pessoas... todas tão prestimosas, prontas a nos atender.

Bati à porta de um senhor idoso, muito gordo, longos cabelos brancos, óculos acavalados no nariz, de falar arrevesado.

"– Italiano" – me declarou logo de entrada. E sorriu.

– Eu – comecei – o senhor...

Interrompeu-me:

Não pudera responder aos dados, já que ficara com medo de errar alguma coisa, apesar de estar no Brasil há muitos anos o português dele não era lá muito bom. Por isso me esperara. Migliori, no?

Fiquei sem jeito de dizer que ainda não estava recolhendo os boletins. Timidez, que diria eu, iria desiludir o homem? Não, nunca!

Convidou-me para passar até a sala, no outro lado. Acompanhei-o pelo corredor longo, ensombrado. Falava, resfolegando, naquela sua linguagem que não era nem português nem italiano. Eu me esforçava por lhe entender as palavras. Que me dizia ele a respeito de filhos, parentes, viver só com uma irmã, tudo foi embora, "el mio bambini", "en outro estati", só de tempo em tempo recebia cartas que eram "como o sol em sua vida de inverno..."

O corredor terminava brusco, por uma velha escada, subimos, entramos num quarto, muito bem arrumado, uma grande cama de casal, colcha rendada, pequena mesa, espelho, passamos à sala. Fui convidado a sentar, sentei-me, enquanto o homem me pedia licença e se retirava, não sem antes me perguntar se eu não queria ter a bondade de lhe conhecer a irmã, senhora velha e única pessoa que vivia com ele, repetiu. Fiz um gesto concordativo com a cabeça. Que sim. Estava para o que desse e viesse. Logo ouvi os passos dos dois, voltando. Cerimoniosamente fui apresentado à irmã e os dois sentaram-se diante de mim. A irmã parecia um pouco mais alta do que ele, talvez por ser magra, uma destas solteironas secas, encardidas, ríspidas. Trazia vestido preto, longo; um coque que lhe tornava o rosto arredondado; sem pintura alguma.

Calados todos nós. Pigarros demorados. Circunvaguei os olhos pela sala. Modesta, mas bem cuidada. Poucos móveis. A pequena mesa que rodeávamos, as cadeiras em que estávamos sentados e mais um antigo sofá, quadros de santos ou de antigos parentes pelas paredes. Percorri demoradamente a sala, depois olhei-os. Vestiam-se humildemente, mas com um certo apuro. O homem me fitava de frente, firme, enquanto a mulher, encolhida na cadeira, sorria, mirando-me de esguelha.

– Então!? – perguntou o homem.
– Ah, ah! – gargalhou fracamente a irmã.
– O senhor... – perguntei eu.
– Senhor Galiani, Alexandro Galiani, para o servir; aqui minha irmã Julieta, conforme já lhe apresentei.
– O senhor Alexandro Galiani ainda tem aquele boletim que lhe deixei aqui?
– Si, si, per la Madona que si...
– Poderíamos preenchê-lo agora? Ou o senhor não tem tempo? Voltarei depois, neste caso... .
– Agora, si, agora... – repetiu como num eco.

Ergueu-se, presto, saiu, enquanto a irmã ficava-se para ali a rir, a rir, ah, ah, ah. Logo ouvimos os passos cansados, se arrastando em torna-viagem. já sentado novamente o homem, comecei, depois de ter-lhe aberto o boletim no lugar indicado, a fazer as perguntas da ficha, a dar as indicações de como preenchê-las. O homem, numa letrinha redonda, caprichada, uniforme, nada trêmula, ia cobrindo as partes em branco. As perguntas por um motivo qualquer prejudicadas eram cobertas com fortes traços horizontais e verticais. De vez em quando parava-se a meditar, como quem procura, ou então se virava para a irmã, perguntando. Esta sempre o mesmo risinho, sorriso, gargalhada ah, ah, ah – respondia, baixava a cabeça, dobrava as mãos, envergonhada. O irmão, então, falava-lhe naquele italiano macarrônico, os dois pareciam discutir, depois chegavam a um acordo, diante do que eu julgava serem provas de um ou outro – e lá vinha a resposta. A pena rascava no papel, a letra escorria, formando as palavras, sempre naquele cursivo uniforme, floreado, levemente pedante.

Finalizado o trabalho o homem apôs a assinatura, largou a caneta, sorriu. Aproveitei a ocasião para me informar a respeito da vizinhança quase de frente, "aquela casa ali, de dois andares".

– Ah, de lá – me respondeu – senhor non poder ver elas, só abrem casa, per che non sei, media hora depois medio dia...

– Meia-hora!

– Hum, hum – e meneou a cabeca, concordativamente, enquanto a irmã ria, ah, ah, ah, e fazia uns sinais como quem quer me dizer que era só na hora da boia, para receber as marmitas vindas de fora, e logo depois a porta tornava a se fechar, até o dia seguinte.

– Dizem mesmo que... começou a velha naquela voz fininha. Mas o irmão a interrompeu com um gesto que quis me parecer deveria me ter passado despercebido. Fingi que assim fora.

Fiquei curioso, tentei, sutilmente, mas o italiano nada mais pôde – ou quis – me adiantar. A irmã calara-se, receosa.

Ergui-me, quis sair. Impediram-me: Ambos de pé, me cercando. Insistiram para que eu ficasse mais. Tão poucas visitas tinham...! O homem pediu-me que lhe olhasse os relógios, a mulher foi me preparar um licor. Perguntaram-me quanto era.

– Não, não é nada, nós estamos sendo pagos pelo... O velho arregalou muito os olhos, sempre pensara que tudo neste mundo devia ser pago, onde já se viu, que eu aceitasse, pelo menos...

– Mas não, não quero, nem posso – tornei.

Tomou-me pelo braço, levou-me para uma outra sala menor, escura. Ao abrir a porta um tique-taque contínuo principiou-se. O homem colecionava relógios, antigos e novos, grandes e pequenos, todo o dinheiro que conseguia era despendido naquela mania. Deliciava-se com aquele tique-taque continuado, persistente, eterno. Com um ouvido afinadíssimo, sabendo sentir, perceber qualquer nuance por mais pequena que fosse. Dava-lhes corda toda manhã ou então de três em três, cinco em cinco, oito em oito dias. Limpava-os, azeitava-os. Acarinhava-os, afeiçoara-se a eles. Compreendia-os. Contou-me que passava horas e horas ali, esquecido do mundo, num outro mundo a viver, com seus aparelhos, aperfeiçoando-os, tratando-os, falando com eles, como com amigos velhos e fiéis. Perenemente fiéis. Relógios pendiam pelas paredes, andavam por sobre as mesas, em gavetas especiais, nos mais diferentes lugares. Ficava-se a olhá-los comer as horas, triturá-las com aquele tique-taque ininterrupto. Fiquei ali olhando, ele me pedia que escutasse, nomeava os relógios, Giovanni, Pedro, Giusepi, Vitorio, Irazema, Lucilde, o som doce e amável deste, grave e solene do outro. Todos marcando as horas, impávidos.

Para mim tudo aquilo era idêntico, um mesmo som com pequenas variantes que nada me diziam, cuja finalidade única era marcar as horas, mas sem a transcendentalidade que ele lhes dava. Uma coisa comum, insignificante. Não assim para o velho Galiani que dava vida própria àquelas máquinas, uma vida independente e maléfica. Achava que os relógios marcam as horas, sim, porém não só isto, não só isto. São eles portanto nossos donos, que nos têm nas mãos, pois ninguém nega que nós somos meros prisioneiros do tempo.

"Ah, o tempo que nos esmaga, que nos carrega!! Nós é que passamos, não ele, que é imutável. O tempo, deus soberano, só a ele se deve temer, senhor de todos nós."

Falava do tempo, sempre presente, venerava-o através daquelas máquinas. Às vezes, confuso, se atrapalhando nas palavras, não diferenciando bem passado, presente, futuro. Tinha uma estranha teoria que me tentava explicar, achava que o que é passado só em nós subsiste mas mesmo assim transformado e nós o podemos recriar a nosso bel-prazer. Demais o futuro não é nada mais do que uma projeção do passado e presente. Nós fazemos com o presente nosso futuro. Logo, futuro é presente assim como presente é passado e só este existe.

Fiquei ali a escutá-lo, curioso, confuso. Nada retrucando. Ele se metamorfoseava, as palavras saíam mais fáceis, de raro em raro engasgava num vocábulo e não podendo encontrar o correspondente em português lá vinha o dito mesmo naquele italiano suspeito.

O velho sentado, a cabeleira branca, as mãos acariciando um relógio, o tique-taque aumentando, a meia penumbra, o cheiro de velhice que emanava de tudo, aquelas palavras desconexas, tudo se formava, se completava num conjunto irreal e único.

Eu estava num enlevo, fascinado, distraído, quando, silenciosa, calmamente, a irmã entrou. Como uma sombra. Trazia uma bandeja, frascos, cálices. Bateu no ombro do irmão, me roçou com um dedo longo, fino, encarquilhado.

Ah, ah, ah.

As feições, vivas, vibravam. Olhou para os relógios, para o irmão, para mim.

Pousou a bandeja sobre uma das inumeráveis mesinhas, passou a mão num gesto longo, demorado, amoroso, pela cabeça do irmão, coçou-lhe a testa, baralhou-lhe o cabelo.

– Ah, ah, ah.

– Minha irmã gosta de fazer licor, os licores dela são uma beleza. El mio Bambini Dante, eh, fratella, te lembras!

– Ah, ah, ah.

– Como gostava do licor que ela fazia – e acariciou a mão da irmã.

– Pro moço, pro moço, ah, ah, ah.

E apontava para mim aquele dedo tão fino, tão longo.

103

– Prove – dizia o velho.
E me oferecia o cálice cheio de um líquido esverdeado. Eu o vira escorrer de uma garrafa bojuda, baixa, grossa, para o cálice, tomando estranhas colorações, com um leve tremor inexplicável.

– Não, mas eu, mas eu vou indo, não posso beber de manhã – deixei cair numa desculpa fraca, inconsistente.

– Per Bacco, prove só, prove!

E na mão repentinamente trêmula do velho o cálice balouçava, o licor mudava de tonalidade, adquiria ora uma cor mais clara, já um verde-marinho, de águas profundas, turbilhonantes.

– Ah, ah, ah – gargalhou a velha.

– Tique-taque, tique-taque, tique-taque – continuavam os relógios.

Batido pelo sol que jorrava de fora, o quadro todo tomava uma tonalidade impressionista.

Eu, ali, entre aquele passado, o quarto escuro mal iluminado pelos esquivos raios de sol, o calor abafante do dia que aumentava, a irmã a sorrir, o tique-taque, enquanto o velho me estendia o cálice com o licor rebrilhando e os relógios pareciam tique-taquear mais fortemente.

Não sei por que um medo pânico me tomou. Antigas leituras, Hoffmann, E. A. Poe, Huysmann, modernos romances de mistério americanos, me surgiram à memória. Não nego, tremi. Um calafrio me percorreu a espinha. Fiquei ali, abobalhado, fitando os velhos, meus olhos correndo dele para ela, me lembrando da tradição dos italianos, os Borgias, envenenadores, quantos envenenamentos, quem sabe, a cabeça me girava, girava, firmei-me à mesa para não cair, enquanto via ali adiante o sorriso dos dois. E o cálice crescia, crescia, do fundo surgindo estranhas histórias e reminiscências. E os segundos iam pingando, caído dos relógios, um a um, monótonos e iguais, num som cavo, profundo: pingue, pingue, pingue; tique-taque, tique-taque, tique-taque.

Não beberia aquela droga!

Como negar-me porém, se ambos insistiam, o velho sentir-se-ia ofendido, a velha chocada, além disso o ridículo, eu mesmo que diria, já não falo para os velhos, mas para mim mesmo. Saído dali sentir-me-ia um grande poltrão, temeroso de nada, presa fraca de imaginação doentia.

Fiz um esforço, peguei no cálice, tremendo, alguns pingos viscosos me escorreram pela mão, bebi o conteúdo de um trago, num gole único e rápido.

Minha cabeça zunia.

Senti vagamente que a irmã se ria – ah, ah, ah, – e o irmão me recriminava.

"Onde já se viu beber licor fino assim, de um só trago? Bem via que eu nunca tinha bebido coisa assim, era um reles principiante. O licor deve ser tragado aos goles, vagarosamente. Gustativamente. Sentindo-se o aroma sutil."

E o velho estalava os lábios, mexia a língua, deixando entrever uma ponta fina, rosada, com uma camada espessa, qual escama.

Depois me contou todo o seu martírio.

Era um apreciador da bebida. Fora proibido pelo médico de beber. Nem uma gota. O mesmo com a irmã. E ele que tanto gostava de um licor! Porém não tanto quanto a irmã de os fazer. Por isso ela continuava, mesmo sem que nenhum dos dois o pudesse degustar. Satisfazia-se em preparar os ingredientes, em vê-los ao poucos irem ficando "no ponto".

Agora o prazer deles era ver alguém com conhecimento, com conhecimento, frisava, me olhando irônico, beber-lhes o licor. Tão pouca gente os visitava!

A irmã levou o cálice – nunca beber dois licores num mesmo cálice, para não misturar a essência –, encheu de novo, me ofereceu. Este tinha uma cor brilhante, de ouro, rubra, sanguínea, não sei bem. À medida que o cálice era virado de um lado para outro, o licor tomava uma cor diversa. Sei que sabia muito bem. Deliciei-me, esqueci o medo. E eu

senti que era três a beber. Talvez mesmo quem menos estivesse saboreando a bebida fosse eu. Sentia-me roubado. Os dois gozavam à minha custa. O velho num êxtase, a velha idem. Ambos me olhavam, incitavam, eu punha o cálice nos lábios, dobrava a ponta da língua, deixava que algumas gotas – somente algumas – escorressem para a garganta – "assim, assim" –, ia-as saboreando aos poucos, lentamente, bem lentamente – "per Bacco" –, sentia, com fundo pesar, que aos poucos iam-me descendo pela garganta.
Os dois velhos erguiam os olhos ao céu, felizes.
Não consigo explicar a sensação que o licor me deixava. Era mais uma sugestão de algo inatingível; não era bem gozo. Eu tentava alcançar alguma coisa que me fugia, sempre me parecendo que da próxima vez a alcançaria. Em vão. Então me esforçava, me concentrando todo, deixava de existir no meu eu para ser só aquela sensação.
– Ah, ah, ah – me vinha tirar a risada da velha do meu êxtase. Odiava-a.
Voltava a ser eu, via o velho e a velha, ali. Olhava para os relógios, naquela semipenumbra. O reflexo do sol agora já batia mais longe. O tique-taque de novo crescia.
Poucas palavras trocávamos. Uma poeira fina se elevando. Vagas sombras pelas paredes. Outra vez o tique-taque. Agora as paredes escuras, velhas, sombrias. O sol entrando por pequenas frestas, mudando de posição, subia.
Novo licor. Cálice novo. Outro licor. Mais outro. Inda outro. Sempre com um espaço de tempo mediando, que se passava em silêncio. Eu não perguntava de quê. Olhava a cor, as diferentes tonalidades, as cambiâncias, as mutações, as variações sofridas. Também, via agora, "sentia", o cálice influía. No sabor ou na cor? Não sei! Imagino que em ambos.
Depois o sabor, ah, o sabor, mais fino mais grosso, mais áspero, mais seco, mais doce, agora irritante, sem gosto e no entanto com um gosto tão acentuado, como me explicar!?

Tudo sob a indicação de mestre Galiani e da irmã. Gozavam por mim, por mim sentiam aquele "sabor divino". De repente não dei mais noção de mim. Deixei-me levar, massa maleável nas mãos dos dois.

Via-os como em sonho, falava, às vezes ria, eles me falavam, faziam-me de cobaia, o velho aconselhava, a velha ria – ah, ah, ah –, os relógios, tique-taque, tique-taque, pingue, pingue – soando e pingando, o sol descera, não sei, as sombras na parede, os relógios de novo, imensos, humanos, enquanto nós é que não éramos humanos. Os relógios sofriam, o licor, de variegadas cores escorria pelas cordas, lambuzava o chão, o sol bebia-o, o tempo sorvia-o em goles curtos, sôfregos.

Saí tarde, muito tarde, tonto. Tonto!?

Mais tontos tenho a impresão de que deixei os dois irmãos. Tontos e felizes. Ficaram-se lá, largados, derreados em cadeiras de balanço. Revejo-os a rir, acompanhando o ritmo dos relógios, relógios eles também.

Eu cambaleava, a sacola pendendo.

Um sol brilhante, descambando. Calor. Pessoas passavam, suadas, se abanando. No interior das casas o barulho de todo dia, a azáfama de sempre.

Risos, cantoria; longe, um som de rádio tocando, abafado.

Cães latiam, um gato miava.

Um pouco abaixo, na Avenida, um ônibus passou, atopetado, buzinando.

O tempo parado, um céu fixo, sem nuvens, sem vento.

Tudo me vinha como em sonho, de cambulhão, em mistura com frases do velho, o riso da velha – ah, ah, ah – os tique-taques, aquele cheiro de mofo e antiguidade, Borgias, Poes, romances.

E eu marchava.

Sentia os pés pesados, doridos.

Veneno, licor; cores, mutações; mar, calma turbulência.

A velha que só abria a casa ao meio-dia.
Meia hora depois de meio-dia.
Por quê?
Casa velha também, como a velha dona, casa mofada, como a dona mofada.
Quem me dissera isto? Quem sabe se não seria uma bela moça, tristonha, incompreendida, isolada do mundo, que, de imediato, por mim se apaixonaria, estaria à minha espera!
Novela. Licor!
Ah, eu não era eu.
Me imaginava, na terceira pessoa, pois eu estava acompanhando as aventuras da pessoa que era eu, *de fora*. Sim, me imaginava romântico aventureiro, salvando a dama, fazendo-a feliz. Trechos esparsos de leituras diversas, da adolescência, me vinham à mente. Então, imaginação exaltada, me esquecia de que estava ali na rua, entre aquela multidão indiferente, a caminhar, a labutar, como eu. Via-me invadindo a casa, audaz aventureiro...
Mas logo o tempo, encarnado na pessoa do casal velho de irmãos, chegava, invencível. E tudo sumia, tragado num mar verde, de licores diversos, um mar num cálice.
Eu ia despencando, despencando.
Cabeça ardente. Alagado em suor.
Caminho de casa, sentindo o peso da sacola, pensando no trabalho perdido, no dia perdido.
Perdido, perdido.
Veneno.
Dormir, dormir.
Veneno.
Amanhã bem cedo recomeçaria, com redobrado esforço, acabar logo com "isto".
Dinheiro, descontar o dia perdido. Perdido? Perdido!
Veneno.

Amanhã, meio-dia exato, meia hora depois de meio-dia exato, bateria à porta da senhora idosa que vivia trancada.
Amanhã, o tempo, tique-taque. Veneno.
Senhora idosa!?
O sol queimando.
Andar, andar.

VELHICE, DOIS

Meio-dia exato.
As doze badaladas soavam claras no ar diáfano. Um vento leve soprando, conduzindo o som para todos os recantos da cidade. O movimento aumentava. Grupos de pessoas corriam, rumo às suas casas.
    Pus-me também em marcha. A caminho da velha casa de dois andares que deveria abrir meia hora passada de meio-dia.
    Calor. Das pedras do calçamento subia um vapor quente. As pessoas transpiravam. Carros passando deixavam nuvens de fumaça e poeira.
    Na Avenida a sombra das árvores me acolheu. Parei-me a olhar o riacho que serpenteava. Um fio de água minúsculo. As árvores ressequidas, folhas amareladas, troncos rugosos.
    Deixei com pesar aquela calma e meti-me no sol.
    Eis-me em frente à velha casa. Meia-porta aberta.
    Olhei.
    Um corredor se prolongava para longe, lá para dentro. Sombrio, silencioso.
    Olhei as paredes, depois para cima.
    No teto, teias de aranha, pó, fuligem; nas paredes, uma cor pardacenta, a caliça tombando formava pequenos montes pelos cantos.
    Olhei para diante.

Lá no fim do corredor, uma escada. De madeira. Um corrimão balouçante. Mais poeira, cisco. Cambando para a direita, de repente, tolhida por uma parede de material, a escada parecia subir, continuar.

Entrei. O assoalho ringia. A casa tragou-me. A escada me chamava. Fui. Meus passos reboavam, reboavam. Comecei a subir os gastos degraus, quebrei à direita: mais degraus; subi, olhei, lá em cima uma porta envidraçada, dois vidros quebrados.

Bati. Silêncio. Bati de novo, com mais força. Lá para dentro só o eco me respondeu...

Enfiei a cabeça por um dos vidros quebrados e olhei para dentro. Para a direita e esquerda, bifurcadas, as escadas continuavam. Depois, também de um lado e doutro, pude ver um pequeno corredor. De novo, teias de aranha, aos montes, umas tecidas e abandonadas, outras por tecer, pendiam do teto, por onde raios de sol se filtravam levemente. Os raios desciam, escorregavam molemente pela parede, alguns se espojando no chão.

Madeira carcomida, sujeira, um forte cheiro de mofo. Reminiscências pareciam morar por todos os cantos, vozes ocultas de ancestrais retornados àquelas paragens se erguiam no silêncio.

Chamei, sem reconhecer minha voz:

– Ó de casa, ó de casa!

– "... de casaasa... ó deeee... saaaa" sons reboavam e me responderam.

Bati de novo, com mais força, pensando em entrar, invadir tudo, mordido por uma curiosidade insopitável.

Mas, brusco, lá dentro, ouvi uma porta bater. E logo miados, correrias, novos miados e correrias, um passo arrastado, enquanto gatos, muitos gatos, diversos, pardos uns, bem pardos outros, quase pretos, pretos, cinzas, brancos, raiados, grandes e pequenos, de onde não sei, surdiam, miavam, em correrias loucas, em estranhas danças alucinatórias, sumindo e voltando.

Arrastado, aumentando, se aproximando, o passo trôpego, que eu sentia acompanhado do plaque-plaque de uma bengala.

Lá do lado direito da escada um vulto apareceu. Olhei para ver quem era. Uma voz baixa saía daquele vulto mirrado, me dizendo qualquer coisa ininteligível.

– O quê? – perguntei.

Pareceu não me entender. Moveu os braços, num gesto alado, deixando esvoaçar as vestes longas e pretas.

– O quê? – tornei, mais alto, gritado.

– Suba – me veio aquele som, num fio de voz. – Suba, meta a mão por entre o vidro partido e abra o trinco. Cuidado aí no primeiro degrau, tem uma tábua frouxa, não vá cair...

Abri a porta, olhei demoradamente os lados. Subi experimentando os degraus. Lá de cima, a velha, me sorria e animava.

– Desculpe não ter descido para o receber. Mas as minhas pernas, o reumatismo, me custa tanto...

– Bom dia.

– Ah!...

– Bom dia – gritei.

– Ah, bom-dia. Desculpe, fale um pouco alto, com a idade a gente fica imprestável, estou um tanto surda. Que deseja.

– Eu... bem...

– Mas não, entre primeiro, entre, a casa é sua, não repare, casa de duas velhas corujas... Estava batendo há muito?

– Mais ou menos.

– É que a sala de jantar fica longe. Depois, já estou um pouco surda...

– Ah, desculpe-me, então vim interromper, a senhora pode ir acabar de almoçar, eu espero.

– Mas não, mas não, já havia acabado. Estava sentada, pensando. Entre.
Afastara-se para um lado, deixando espaço para que eu passasse. Entrei, mais dois passos e me vi numa pequena sala. Algumas cadeiras antigas, de espaldar alto, uma curta mesa de centro, arredondada, coberta com uma toalha de renda, em cima um jarro com flores murchas. Em tudo, mais forte, aquele cheiro meio adocicado de mofo e antiguidade. A um novo convite sentei-me. Do outro lado da mesa a velha sentou-se, se compôs, cruzou as mãos no colo, me olhou apreciativamente, em expectativa.
Tirei a sacola, que carregava a tiracolo. Abri-a, puxei um boletim, tudo em silêncio, a senhora me olhando, acompanhando meus movimentos. Então falei-lhe:
– A senhora sabe, eu não a incomodaria se não fosse obrigado. Sei que pouco recebe, por sinal que já estive à sua porta diversas vezes, pensei que ninguém morasse aqui ou que estivessem viajando...
– Sim, sempre fechada, é que duas velhas, sem mais conhecimentos, sem amigos nem parentes, desligadas do mundo...
– Mas...
– Sim... – e deixou cair um risinho.
– Ah, então a senhora esteve viajando?
– Sim... e deixou cair um risinho.
– Logo vi.
– O senhor não me compreende. Viajando pelo passado, pelo passado.
– Eu... desculpe...
– O tempo nos tragou, já passou a nossa época, nada mais entendemos deste mundo de hoje, tão diverso do nosso. Vivo de recordações, disto...
E apontou, com o dedo pequeno e mirrado, para uns quadros na parede.

Passei a vista por aquela galeria de tipos. Eram homens e mulheres, velhos e novos, os mesmos em diferentes idades, ali estáticos, mirando longe. A velha também olhava-os, mas com outros olhos diferentes dos meus, uns olhos cúmplices, que vinham do passado, que viam não aqueles vultos ali parados, mas o que eles haviam sido, e o que haviam feito. Se compreendiam. Os olhos mortiços me pareceram criar vida, um brilho rápido, que logo sumiu. E eu olhava para as roupas, tão diversas, os paletós e colarinhos dos homens, os compridos e apertados vestidos das mulheres, o ar sério, duro, meio compungido de todos eles. (Talvez vergonha de posarem para o fotógrafo, talvez numa data histórica, que sei eu!) Ali certamente um casamento, o noivo de preto, a noiva de branco, os convidados, risonhos. Em uns dedicatórias, por entre os retratos uma que outra folhinha antiga...

–... mas as recordações – continuava a voz – não vivem só nas pessoas, também na casa, que sempre pertenceu à família, aqui nasci, me criei e casei, só por poucos anos saí, foi quando casei e meu marido foi transferido para São Francisco do Sul, trabalhar na Alfândega de lá, depois voltamos, não me dei bem e o Laudelino (meu marido) conseguiu transferência...

– Eu gostaria...

– No ar que respiramos, onde dormimos, o que comemos, uma paisagem vista, um riso que mais agradava aos nossos, como tudo isto vive, nos transporta ao passado, de repente cresce, para nós, fazendo submergir todo o presente. Quantas vezes eu e ela ficamos horas em silêncio e no entanto estamos vivendo no mesmo passado!

Eu sentia um mal-estar indefinido. Aquela confidência intempestiva me deixara tolhido. Procurei mudar de assunto, fazer meu serviço e me retirar. Comecei:

– A senhora...

– Ah!... e punha as mãos em concha sobre o ouvido. Ah!

— A senhora! – gritei.
— Sim... sim...
— Eu estou aqui em nome do ...., e mostrei meus documentos. Ela tomou-os, olhou-os, pôs uns óculos enormes, leu, numa meia voz de surda, pronunciando as sílabas vagarosa, pausadamente, uma a uma, numa distância que as faziam parecer quase independentes, como se não pertencessem à mesma palavra. As palavras também tornavam-se livres, sem ligação uma com as outras, voavam da boca da mulher para meus ouvidos – e eu as desconhecia. Depois mos devolveu, sorriu; guardei-os na carteira, sorri.
— Às ordens!
Dei as explicações necessárias, apresentei o boletim, perguntei se ela poderia preenchê-lo ou queria que eu o fizesse, e ela apenasmente assinaria. Aceitou com um aceno de cabeça. Já não tinha a mão firme, deu-me a entender.
E de novo aquela monotonia começou. Eu já sabia as perguntas de cor, de tanto as haver repetido. O trabalho tornara-se automático, mecânico. Mesmo assim sempre aparecia um fato diverso, uma qualquer pergunta cuja resposta mais me interessava. Então, rápido, eu parava a pena, fazia um esforço sobre mim mesmo, para me lembrar e tratava de, conforme a pessoa, colher mais uns dados a respeito do fato. Desejava assim ter um proveito qualquer, afora o monetário daqueles dias, quem sabe se mais tarde, modificados, eu não os poderia utilizar em uma obra qualquer. Ficava-me a pensar que meus trabalhos sempre se haviam baseado em fatos verídicos, metamorfoseados, é claro. Dificilmente conseguia algo de outra forma.
— Sim... – enquanto eu pensava vinha a voz da velha. Eu anotava.
E a uma nova pergunta:
— Casada... não, não... viúva...
Outra vez mais:

— 12 de abril de 1872.
— Sim... secundário... não...
— Não sei... não me lembro...
A voz vinha carregada de reminiscências, prenhe de emoções mal contidas.
De repente eu repetia uma, duas, três, mais vezes a mesma pergunta, gritando, e nada de resposta. Olhava. A velha ali estava, me fitando, sorrindo beatificamente, vendo além de mim, para além do que a minha pobre visão ou imaginação poderia conceber. Para tão distante, tão no passado. A minha pergunta havia atuado como um poderoso reativador de memória e a velha descia ao mais fundo do passado. Revia-se certamente moça, revia todo aquele mundo tragado sob essa coisa imutável e contínua que se chama o tempo.
Só então reparei que ela andava bem vestida, ataviada, cabelos cuidadosamente penteados, rosto pintado, com muito, muito, demasiado ruge e batom, além de uma forte camada de pó de arroz que lhe descia até o pescoço. O vestido preto, com enfeites, além de uma rosa grande, vermelha, artificial, no peito. Anéis nos dedos, travessa no cabelo.
— Vive só?
— Ah!...
— VIVE SÓ!
— Não... tenho comigo uma amiga velha; juntas recordamos o que já passou e...
— A senhora quer responder por ela ou?
— Respondo, sim, ela pouco aparece, tem medo de gente, está meio... – e fez um gesto com as mãos, indicando as frontes e rodando o indicador, querendo significar que a companheira estava fraca da memória, esquecida das coisas, talvez na segunda infância, devido à idade.
— Nome, só o primeiro.
E lá se seguiam as mesmas perguntas.

De repente presto atenção. Repito a pergunta:
– Casada?
E a resposta vem trêmula, respeitosa:
– Não, não é, ela não é como os outros, como nós, é pura, pura, e já tem noventa anos, mas nunca homem nenhum a tocou, nunca, é pura, sim...
Hein! Parei de escrever, ergui a cabeça, mirei a velha na minha frente. Estranho. Os olhos brilhantes, vivos, agressivos, me fixando quase com ódio. Ergueu os braços, mãos apertadas. Levantou-se, caminhou de um lado para outro na sala, sempre apoiada à bengala. Parou na minha frente, encostou a bengala à mesa, apontou-me um dedo. Repetia de instante a instante: Pura, pura, pura – e tal palavra em tal boca tinha uma tonalidade diversa, adquiria um novo significado, não sei se mais trágico.
"– Pura!"
A palavra reboava, subia, subia, tomava toda a sala, extravasava para o resto da casa silenciosa, invadia os menores recantos...
"– Pura!"
A velha tornara a se sentar, a cruzar as mãos no peito.
"– Pura!"
Era uma ameaça contra o novo mundo, contra homens e mulheres depravados, perdidos, que se perdem, sim que se perdem, que tornam este mundo um lugar do demônio, não de Deus. A mão de Deus não poisa mais ao lado dos homens, para os proteger. Que vejam todos, que vejam todos, onde terá se refugiado a pureza? Expulsa do mundo, pelos vendilhões, conspurcada.
"– Puuuuuuuuuuuuura!"
O som parecia se repetir, repetir, alongar, reboava, as teias de aranha filtravam o sol que entrava puro, incontaminado, ainda assim este recuava, temeroso da palavra, com

117

medo de carregar consigo, de fora, ainda, qualquer pequeníssima partícula de impureza, que viesse contaminar o ambiente. O mofo tornava-se mais forte, me chegava às narinas, sufocante, irrespirável.

Desejos de sair dali, correndo, para o ar, a luz do sol, as pessoas. Porém me sentia preso, esmagado, amarrado à cadeira, olhando para a mulher silenciosa, perdida em cismas.

– Meu marido trouxe ela pra junto de nós, logo depois que casamos. Era só, em pequena perdera os pais, se criara lá em casa. Me parece que filha de escrava. Falavam, nas rodas de família, que com um filho do senhor velho. Não sei. Caso seja verdade vem a ser minha prima. Uns quinze anos mais velha que eu. Moça, bonita. Foi pouco antes da proclamação da República que veio morar comigo. Tinha trinta e tantos anos. Me acompanhou pra São Francisco, voltou, sempre morando em minha companhia. Foi muito requestada pelos moços de então. Nunca quis namorar, sentia nojo dos homens, chorou quando casei, que eu ia me perder, entregar-me à sujeira, fazer porcaria. Chorou. Me lembro bem, nem foi ao meu casamento, tão bonito, tão concorrido, nós éramos de família tradicional.

Sorri, concordativamente, animando-a. Um gato chegou, nos mirou com seus olhinhos verdes, maliciosos, depois saiu numa corridinha.

–... nunca se deu bem com meu marido, apesar de ver que eu era feliz, me dizia sempre: "Otília, tenho pena, minha irmã, ainda mais porque és feliz aqui, na terra, mas que te vai adiantar isto se perdeste a virgindade, a pureza, que é o maior bem de uma mulher, e no outro mundo vais sofrer!". Meu marido que escutava isto quis botar ela pra rua. Chorei, não permiti, ele que gostava de mim deixou-a ficar. Ela dizia: "Eu rezo sempre por ti, rezo..." E foi a única da casa que ficou feliz quando meu marido morreu e eu sofri. Achou que um pouco estava eu me redimindo e que só o sofrimento existe e nos purifica. Dizia:

"– Otília, minha irmã, sei bem que nada paga o pecado de perda da pureza, também teu sofrimento é impuro. Não choras de arrependida, mas da perda do homem."
E era verdade. Eu não podia esquecer meu marido, o nosso amor, o carinho. Queria achar que as palavras dela eram verdadeiras, deviam ser, tão pura, pura.
Eu fazia bonequinhos no papel, tentava captar aquele ar de passado, de velhice tão trágico e tão humano, gravá-lo ali no papel. Mas não, não! Como o captaria eu? Não sei, só me saía absurdo da pena, estranhas figuras disformes, de pesadelo, anjos com chifres, demônios aureolados, caretas, cenas lúbricas... Riscava tudo, recomeçava. Inútil. Não dominava a pena; não me dominava. Quis escrever algumas linhas. Só pensava em termos obscenos, lascívia, virgens se rebolando, anjos em êxtases amorosos, tudo puro, puro.
Mas retomava a voz:
– Não tenho filhos, nem parentes, criei um sobrinho mas me deixou, agora não tenho ninguém, vivo só com ela, nos entendemos muito bem, sós, sós, quase não saio, não recebo visitas...
Deixei os desenhos, olhei para as paredes, cobertas por uns horrorosos papéis de parede, muito antigos e gastos, esburacados. Via tudo novo, de novo, com outros olhos, mais compreensivos. Até mim chegava o eco daquela voz, como vinda de um passado remotíssimo:
– Só abrimos a casa à meia hora, então chegam até a dizer que somos feiticeiras, ela passa anos e anos sem sair à rua, nem abrir a boca, só olhando, olhando, sentada na cadeira de rodas ou balanço, já está tão branca, com uma cor que não existe, até acho que diminuiu, rodeada de gatos... gatos... não acha o moço que com a velhice nós vamos diminuindo, diminuindo, eu penso que eu mesma era maior, bem maior...
Mas eu via que a velha estava esgotada, há muito que devia não ter falado tanto, o esforço liquidara-a. Agora, der-

reada na cadeira, pendida, o suor lhe escorrendo pela testa, fios de cabelo úmidos, deixava-se estar, arfando. O peito velho, seco, erguia-se e baixava-se, baixava-se e erguia-se. A rosa vermelha acompanhava os movimentos, cadenciados, ali na meia penumbra.

As mãos no regaço, o rosto muito pintado.

A sala baixa, as cadeiras de espaldar, a mesa, o jarro de flores, a toalha rendada, os retratos... para tudo olhei de novo, um novo-velho eu.

Antigo, velho, centenário.

Era como uma volta ao passado. E aqueles vultos da parede me olhavam, recriminativamente, não sei por que, talvez por eu haver lhes devassado o segredo, talvez pelas recordações trazidas à velha, talvez pelo frêmito de vida trazido à casa e seus habitantes. Comigo entrara um pouco de sol e ar, de luz, da vida de fora, um outro mundo, uma vida cem anos adiante da que ali se vivia.

Dedos acusatórios se me apontavam, surgidos de não sei onde.

Ri-me, num riso nervoso, de minha imaginação delirante. Eu, eu, todo cheio de ideias avançadas... eu, filho do século vinte... ali feito donzel romântico, impressionável, a tremelicar. Ridículo! Imaginação! Nada havia de mais ali. Uma pobre velha, mais outra pobre velha, uma casa velha, mofo, abandono. Só. Se meus amigos soubessem! Que papel? Mas não, que papel para mim, quando saído dali.

Enquanto assim pensava meus olhos percorriam as paredes, os poucos móveis, tudo, mais uma vez.

Ergui-me.

Levei o boletim até a velha senhora, para que o assinasse. Os dedos trêmulos, duros, mal seguravam a caneta, riscaram o papel. Auxiliei-a, senti-lhe a mão fria, pegajosa, úmida. De túmulo. Morta, morta. A letra ali ficou, meio dela meio minha, pobres garatujas.

"Morta, morta", me martelava a cabeça. A palavra repercutia, tomava-me todos os sentidos, era transmitida para os menores recantos do corpo. Morta!
Agradeci. Quis sair daquele mundo morto, acabado. Ela quis me reter, mandar – mandar não, fazer – ir fazer um cafezinho. Não aceitei alegando muito trabalho e "já ter abusado da paciência da senhora".
Ela veio, apesar do meu protesto, mancando, bengala plaque-plaqueante no assoalho, me acompanhar até a escada. Seu vestido negro, roçagante, fazia um barulho insólito.
Comecei a descer a escada. Lá de cima, parada, imóvel, a velha me acompanhava com os olhos. Já em baixo, olhei para ela, depois para o lado esquerdo. Curioso. Espichei os olhos, entortei o mais que pude a cabeça. Num canto, mais escuro, numa sala enorme e nua, sentada numa cadeira de balanço, alguém que me pareceu uma mulher, mas tão pequena, tão pequenina, como uma boneca, uma dessas bruxas de pano.
Rodeada de gatos, cercada de gatos, assaltada pelos gatos. Imóvel, imóvel. Rosto parado, parecia nem piscar. Um sorriso que não era nem sorriso, uma careta imóvel. A cadeira balouçando, vagarosa, lenta, balouçando por si mesma, pois eu não via ninguém a tocá-la. Para trás e para diante, para trás e para diante.
Meia penumbra. Silêncio. Um silêncio doce, macio e se exalando o cheiro de mofo, de antiguidade. As coisas não apareciam com nitidez, se perdiam naquela penumbra, esvaecidas. Só os olhos dos gatos, brilhando, brilhando, verdes, amarelos, azuis, raiados enormes nos gatos imóveis.
Parei ali, na porta semiaberta.
Um desejo de subir, acabar com aquela calma, destruir aquele quadro irreal, de pesadelo.
Do outro lado, em pé, a velha sorria, abanando a cabeça ante o meu ar incrédulo, gozando-o.

De baixo, vinha um chamado. Eu conseguia, levemente, mas quão levemente, perceber o ruído do mundo exterior subindo até mim, querendo me atrair, me chamando.

Calor, sol.

Sombra, mofo.

As duas forças em choque.

Duas forças milenares, eternas.

Então, um gesto do vulto que tudo decidiu.

Ergueu a mão, com vagar, afundou-o na pele de um gato, arrepiou-o, numa carícia longa, dolorosa, sensual.

O bichano contorceu-se de puro gozo, ronronou.

A mão tornou a se erguer – seca, descarnada –, novamente desceu, no mesmo gesto de autômato.

Mas quão prenhe de vida, carregado de vida latente!

O bichano moveu-se, distendeu-se, as patas se alongaram para a mão, pôs a língua de fora, os olhos brilhando.

A mão sempre no mesmo gesto.

Era a vida.

Livre, libérrimo, deitei um último olhar à cena, ao quadro estático; de um lado, à minha direita, a mulher de pé, do outro, à esquerda, a mulher sentada, se balançando.

Desci.

Bati a porta de vidro com força. A casa tremeu.

Os gatos, agora, como enlouquecidos, corriam, miavam, saltando, também eles em busca de luz e ar, de liberdade.

A rua, com seu mistério e humanidade, me chamava.

...e para ela me encaminhei, sacola ao ombro.

VELHICE, TRÊS

O tempo enfeiara. Nuvens carregadas passeavam, soltas, pelo céu.
Quase seis horas da tarde. O calor persistia, agora abafado, se erguendo como em camadas, surgindo do ar e do chão.
Pensei em fazer ainda uma última casa e dar o dia por findo. Sentia-me esgotado, sacola pesando horrivelmente, imaginava o ombro inchado, com vincos profundos na carne já roxa.
A casa escolhida era velha, em bom estilo colonial, mas com uns penduricalhos em forma de adendos, que lhe davam um ar supinamente ridículo. Derreada para um canto, as paredes caindo aos pedaços. Um portão enorme, de ferro fundido, em forma voltaica, levava até o interior de um jardim desprezado, cheio de sujeira. Mais para o fundo parecia se estender uma chácara, onde na luz já um tanto difusa algumas árvores frutíferas ainda podiam ser divisadas.
Abri o portão, que rangiu, entrei. Olhei para os lados; temeroso de algum cachorro. Nada percebi. Avancei em passos sempre cautelosos até a porta da casa. Fechada. Lá dentro, contudo, apesar de portas e janelas trancadas, eu sentia rumor de vida.
Bati. Logo um cão latiu e passos se fizeram ouvir, enquanto num murmúrio que eu mal percebia alguém dizia palavras que imaginei fossem ralhos ao cachorro. A chave já

virava na fechadura, uma cara olhava-me a medo. Sorri. A cara do outro lado, na porta semiaberta, procurou corresponder ao meu sorriso. Não conseguiu. Receio de não sei quê estampado na face, olhos fundos, piscos, miúdos, levemente estrábicos, no rosto avelhantado e de boca amarga.

– Boa-tarde!
– Hum... hum... Clodomir... Clodomir... ah... ah... ah...
– A senhora...
– Ó Luzia, ó Luzia, vem cá, tem aqui um moço... Clodomir...

A voz esganiçada, baixa, uma voz asmática, se esforçando por parecer firme, saía silvando por entre a boca sem dentes. Sempre ali, à entrada, não me deixando ver o interior da casa, não me perguntando nada nem me convidando para entrar. Repetindo: "Clodomir, Clodomir, Clodomir". Fiquei assim, calado – melhor, ficamos – um tempão que me pareceu infindável. E outra vez então o latido, um miado, correrias, um passo saltitante, vivaz.

– Boa tarde... o senhor deseja alguma coisa? Desculpe não o atender antes. A tia... tia, para dentro, a senhora sabe que não pode atender nem deve ficar aqui! Venha... com licença.

E tomando a velha senhora pelo braço, conduziu-a para dentro, voltando logo depois.

– Às ordens!
–... bem... estou aqui em nome de ...., e mostrei meus documentos. A moça tomou-os, virou-os e revirou-os na mão, depois se pôs a ler, movendo os lábios, com os papéis muito próximos do rosto, um ar de perplexidade. Devolveu-os, sorriu, à espera.

– Caso fosse possível eu poderia agora preencher o boletim, para evitar maiores trabalhos. Passei por aqui várias vezes mas, depois me informei e me disseram que não havia ninguém em casa.

– É, as tias e eu estivemos passando uns dias fora. Chegamos ontem.

– Se porém não há tempo no momento, voltarei outra hora. Marque, vamos dizer para manhã ou depois e...
– Não, não, o senhor entre, faça o favor, desculpe não ter convidado antes, não repare, casa de pobre...
E afastava-se da porta, abrindo-a mais, fazendo-me entrar.
Entrei. Uma sala enorme, muito alta. Poucos móveis, poucos e pequenos, quase de brinquedo, pareciam boiar naquele espaço todo.
Fiquei olhando. Ah, como eu amava essas casas antigas, gastas de uso, cheias de tradições, prenhes de reminiscências! Gostava de perceber nelas o sinal do tempo passando, ver-lhes gravados nas fachadas os dramas, ouvir o dolorido murmúrio que todas elas pareciam deixar escorrer, exalar pelas frestas quais feridas sangrando.
– ... o senhor sente-se, sente-se... – repetia a moça, me tocando no braço.
– Hum...
– Queira sentar-se.
– Obrigado.
– Em que poderei servi-lo?
Olhei-a. Moça, talvez solteirona. Espigada, cabelos corridos, rosto comprido, vivo. Mãos caídas, abertas no colo, agora se espalmando sobre a mesa. Repetiu:
– Em que poderei servi-lo?
– Ah, desculpe – e sentei-me – A senhora...
– Senhorita...
– A senhorita poderia me prestar as informações necessárias. Ou melhor ainda, poderia preencher o boletim e caso não soubesse qualquer detalhe eu lhe darei as informações d...
– Boletim!?
– Sim, aquele que deixei ali na casa vizinha fim da semana passada. A senhora – uma loura, gorda – disse que se dava muito com vocês e...

– Não, não sei, não me lembro de ter recebido nada. Só se a tia. Me desculpe um momento, vou falar com ela, quem sabe se foi entregue pra ela, eu não sei de nada.

Saiu. Fiquei olhando para aquelas paredes vazias. Sem um quadro, sem nada. Para dentro a casa mostrava continuar infindavelmente. Fiquei a imaginar quantas pessoas morariam ali, quem eram e o que fariam. Mas a moça já voltava, acompanhada de uma senhora velha, grande e gorda, cabelos encanecidos.

– Boa noite.
– Boa noite.
– A tia diz que não recebeu nada.
– É, inda ontem falei com a Dona Laura, só pode ter sido ela e não me disse nem entregou nada.
– Com certeza esqueceu. Não faz mal. Dou outro.
– Sim... – deixaram cair as duas a um só tempo.
– Já está um pouco tarde, deixarei o boletim e voltarei amanhã ou depois.
– Não, podemos fazer agora mesmo – veio a voz cansada da velha.
– Sim, tia – reforçou a da moça.
– Então... vamos!

Eu conhecia as perguntas e respostas de cor. Sabia, ainda, as diferentes reações das pessoas diante das diferentes classes de pergunta. Automaticamente ia informando, explicando. E tudo caminhava mansamente.

A moça escrevia; a velha informava, eu olhando para os lados, bocejante, vendo a noite chegar, o tempo cada vez mais escuro, as nuvens pesadas, descendo.

A casa, com a noite, se enchia de vultos estranhos. Quem seriam? Eram sombras indecisas, diáfanas, irreais. A velha se animava. A moça olhava, temerosa, para os cantos, como pressentindo os seres que tomavam conta da sala. Eu aguçava os ouvidos, alongava a vista.

Três pessoas moravam ali naquele casarão. Três senhoras. E as três se uniam, se completavam. Acabavam de responder ao questionário. Preparei-me para sair. Mas a chuva, há tanto tempo se formando, desabara. A noite cerrara tudo. Fios longos, contínuos, escorriam pelas paredes da casa. Podíamos vê-los através da janela envidraçada que principiara a se embaciar. Grossos, tombavam com um som cavo, levantando do chão uma fina camada de poeira. Um cheiro acre, de terra e água, vinha às nossas narinas, penetrava pela casa. Poças se formavam ou pequenos riachos, rebrilhando no escuro, neles boiando ou escorrendo folhas secas, sujeira.

Quis sair. Não me deixaram. A chuva aumentara. Fiquei-me para ali, sentado, calado, vendo a chuva despencar. Projetos de conversa não surtiram efeito. Monossílabos nos saíram dos lábios, forçados.

Escuro, negro. A chuva aumentando de violência, trovões e relâmpagos. Não havia luz elétrica. Explicou a moça:

— "Estivemos fora, enquanto isto passou o dia do pagamento, como não fomos pagar, cortaram".

— Com esta falta de força aproveitam tudo, o menor descuido, para cortar a corrente — disse a velha.

— E, ainda agora esta coisa de periodicamente a luz faltar numa zona — disse eu para dizer alguma coisa.

— Ontem, logo que cheguei e vi, fui lá — voltou a moça tentando apegar-se àquilo para animar a conversa —, fui falar com o funcionário encarregado, paguei o atrasado e a taxa para nova ligação. Me prometeram que viriam logo. Até agora nada.

— Minha sobrinha já foi lá duas ou três vezes, telefonamos ali da casa de seu Agliberto. Inútil!

— Uma desorganização total, nenhum senso de responsabilidade.

Quase não nos víamos. A moça se ergueu, saiu. Em pouco uma vela veio deixar escorrer parcas luzes pelas pare-

des. As sombras dançavam, dançavam, numa dança louca, alucinatória. O vento, balouçando a luz da vela, formava estranhas conformações pelas paredes, por onde figuras subiam, desciam, crescendo, diminuindo, grossas e finas, sumidas e surgidas a um gesto nosso. Erguíamos um dedo e logo a sombra corria, fugindo para longe; a um gesto de cabeça lá da parede um outro gesto nos respondia.
Então a velha pareceu remoçar. Começou por um chorinho manso, manso e calmo. Mais imaginado do que ouvido. Ficou-se rígida na cadeira, o rosto parado. Um gato passou pela sala – único sinal de vida mais vivo. A velha olhava para fora, para o não existente aos meus olhos profanos. Não me via, não via a sobrinha.

– Clodomir... Clodomir... soou lá dentro.
– Sim... sim... é... – falou a velha, mal movendo os lábios.
Prestei atenção. Silêncio. Então, lá de dentro partiu uma risada que me enervou. Dei um salto na cadeira, sem sentir. Uma força qualquer me puxara. A moça me acalmou.

– É a senhora que o atendeu.
– É...
– A coitada depois da morte trágica do marido endoideceu.
– Morte trágica do marido?
– Sim, faz já muitos anos. Eu nem era nascida, penso que nem o senhor. A cidade ainda não tinha tomado esse ar de hoje, era pura província, poucas casas, uma vida mais calma.

– Bom tempo, me lembro, é só do que me lembro – veio a voz cansada, rememorativa da velha.
– Sim, tia.
– Trágica morte! – repeti eu.
– Sim, moço – repetiu, tremeu a voz –, sim, moço.
– Conta tia, conta... – pediu a moça.
– Mas... não, eu, não quero ser indiscreto, eu, não pense, desculpem minha per...

– Não é indiscrição. A tia gosta de contar, são os únicos motivos e momentos felizes da vida dela – recordar o passado. Não é, tia?
– É... os velhos só vivem do passado, pra eles nada mais existe. Que pode me interessar o acontecido hoje no mundo? Meu mundo acabou, morreu. Eu mesma morri. Nós é que morremos, nós. Os que morreram, nossos, não! Esses vivem na nossa lembrança, perenemente, perenemente...
– Mas eu...
– Para sempre... para sempre...
Onde lera eu isto? Ibsen, Pirandelo? Quando? Ou imaginara? Mas, agora, ali, dito pela velha, adquiria uma outra verdade, mais patética, mais verdadeira.
– Quando saio não vejo a cidade como ela hoje é. Vejo-a com os olhos do passado, vejo-a como a via quando era moça, passeando nela, com os meus.
– Mas tia...
– Eu morri, morri – repetia a voz –, morri e eles vivem, vivem em mim, no meu cérebro donde não os posso extirpar, pois são eu, vivem na casa, nos móveis, no ar que respiro, em tudo.
– Ah, ah, ah, ah... – a gargalhada reboou lá dentro.
– É ela de novo. Tem vezes que anda mais calma. Hoje, não sei por quê...
– Ah, ah, ah, Clodomir, não, Clodomir, non és verdad, te lo juro, ah, ah, não...
– Ela sempre fala assim?
– Sempre.
– Por que, por quê? – insopitável a pergunta, antes que a pudesse reter, me saiu dos lábios.
– Porque!
– Clodomir, Clodomir, meu bem, no lo creias, Clodomir...
– Foi triste e abalou toda a cidade, não tia!

— Sim... sim... — dizia erguendo os braços, enquanto lá no fundo da sala, na parede, a sombra crescia até tomar quase tudo.
— Clodomir, yo te quiero; oh, el mio filho, non...
— Clodomiro era meu irmão mais velho. Vejo-o sempre diante de mim, tão belo, tão jovem, tão crente na vida. Saíamos a passear, todos os irmãos, levados pelo pai. E Clodomiro sempre o mais levado e vivo. Descíamos para a beira da praia, olhar o mar, que nos fascinava. Clodomiro sonhava com viagens. Foi ser marítimo. Navegar em belos barcos, mar em fora. Meu pai queria que ele estudasse, podia, todos nós tivemos bons professores. Mas Clodomiro deixou tudo, fugiu, foi viajar. Meu pai sofreu, custou a se conformar. Queria os filhos unidos. Um dia meu irmão voltou em licença, no seu belo uniforme. Sempre o vejo assim. Nunca consigo vê-lo como quando se suicidou. Não! Meu irmão Clodomiro é outro, ali está ele...
— Clodomir, por que fizeste isto, não me deixaste explicar. Yo te... Ah, ah...
— Um dia nos voltou casado, inesperadamente; a família alegrou-se e estranhou ao mesmo tempo. Uma gringa! Sempre havíamos pensado que ele casasse com a nossa vizinha, filha de seu Martins, namorados de pequenos. E agora? Uma argentina! Morena, bela, sensual, ao passar pela rua todos os homens se viravam. Quem diz que esta velha que aí grita por Clodomiro é a mesma Margarida!
— Tia, no álbum, tenho os retratos, a senhora quer...
— Sim, traga para o moço ver.
— Vou tia, posso levar a vela?
— Sim, sim, pode... mas cuidado.
— Minha senhora, eu...
— Deixe, eu gosto. Só se o senhor?
— Por mim não.
— E veja, a chuva continua. A chuva sempre me deixa mais triste. Foi numa noite de chuva que ele se enterrou,

quase seis horas. Como me lembro. Uma tarde triste, o caixão, os guarda-chuvas pendendo agourentamente, o lento cortejo. Chuva. Meu irmão gostava de beber. Na chuva. Não muito, nem sempre.

"Todos amavam Margarida, em pouco tempo se tornou estimada da família, era boa, cordata, apesar dos rompantes, idolatrava meu irmão. Eu, até eu. Mas..."
A moça voltava, fantástica visão, alumiada pela vela, sobraçando o álbum. Lá fora a chuva escorrendo, carregando a noite. Depôs o álbum diante da velha. Esta o abriu. Ergui-me, fiquei perto da velha, a moça de um lado, eu do outro, calados. A velha senhora levava o dedo à boca, descia-o até o álbum, ia virando as folhas ressequidas, religiosamente, com lentidão estudada. Diante de nós chegavam, vindos de um passado remotíssimo, aqueles vultos esquecidos, desconhecidos para mim, que também haviam tido, como eu, como todos, sonhos, esperanças, desejos e desesperos.

– Estes primeiros eu mal conheci – dizia a velha –, são meus bisavôs, mortos cedo. Daqui para diante já começo a me recordar melhor. Cada retrato destes me traz uma recordação diversa, uma nova sensação. Olhe, vivo disto, tenho-os todos na memória, eu morri para eles; mas eles, todos, para mim, vivem, através da recordação de seus atos gravados em minha memória, através de seus retratos que posso contemplar, recordando-lhes as fisionomias. Aqui meu pai moço, pouco me lembro dele, aqui bem mais velho, como o tenho nítido diante de mim, rindo e falando; aqui minha mãe, morta cedo, é uma nuvem para mim, passando, passando, no seu vestido branco, dela pouco me lembro; aqui o pai da Leda, meu irmão...

– Meu pai... – disse a moça num fio de voz. – Meu pai, morto bem moço, filho mais moço, não é tia?

– Sim, o caçula.

– Morto em 1920, dias antes do meu nascimento, meu pai, deixe-me ver.

— Não, não, largue! Largue, já disse. Que modos! Teimosa, é uma tara da família, a teimosia. Ah, veja aqui, Clodomiro em pequeno; veja aqui, ao ingressar na Marinha; neste outro, ele em Marselha; na Itália neste outro. Olhe os cartões postais, remetidos de toda parte, sempre com uma frase de carinho, veja a letra arredondada, firme, de pessoa confiante em si.

Eu olhava, via passar aqueles vultos que nada me diziam. Quase indiferente. Mas até mim chegava um pouco daquele clima, do que a velha sentia. Ali estavam aquelas pessoas que agora eram pó, que não viviam a não ser nas reminiscências e saudades de duas velhas. Recordava-me da frase da velha:

— "Os mortos vivem em nós; nós é que morremos, sem que ninguém dos nossos já sumido possa nos recordar".

— ... Margarida em seu vestido de casamento, junto ao marido, no dia das bodas, com dedicatórias dos dois para os pais e sogros:

"Com toda a nossa simpatia e amor"

Margarida – Clodomiro
Buenos Aires – 1892 – abril

Logo outra foto dos dois de braço, sorrindo. Depois mais fotos, muitas outras, desbotadas pelo tempo, esmaecidas.

Fiquei ainda mais interessado. Esqueci a chuva, a noite, o cansaço, a fome, tudo. Transportei-me para aquele outro mundo, vivi as histórias que a velha me contava. "Sentia" com ela, vibrava ao som da voz gasta.

— Tia Luzia, eu...
— Que é, Leda?
— Tia Margarida calou, terá adormecido?
— Não sei, são as nossas únicas horas de paz. O resto, dia e noite, ela fica chamando pelo marido, numa loucura pacífica.

– E a tragédia? – insinuei.
Mirando aquelas duas pessoas, tão diversas em idade e tão semelhantes, eu pensava:
"A velhice é como uma doença contagiosa, pega". Também, solteirona uma, para isto caminhando a outra.
A velha dizia:
– Nunca me quis casar. Já antes do casamento e desgraça de meu irmão, todos falavam, "Luzia, precisas te casar", mas eu não achava jeito. Depois então, me enfurnei comigo mesma e com meus mortos, não quis saber de outra coisa. Tenho vivido sempre aqui, vendo meus parentes desaparecerem, criando os outros, à sombra da casa de nossos ancestrais.
A moça, lábios trêmulos, nada falava.
Continuou a velha:
Margarida, desde a morte do marido, mantém o quarto onde eles viviam sempre arrumado, sem nada mudar, à espera dele, como se meu irmão fosse chegar amanhã. Confunde-o com as pessoas, velhas ou moças, que aqui vêm nos ver. Acena para os homens que passam, ri e chora, outras vezes finge-se de coquete, se arruma e põe-se à janela.
A chuva caía, o vento zunindo, o negror da noite.
– Um dia, depois de longa viagem Clodomiro voltou, inesperadamente. Se haviam passado uns três anos mais ou menos desde que ele casara. E então foi um pesadelo, tudo se tornou irreal demais para a verdade simples e comum, de todo dia, e com a qual estávamos acostumados. Meu irmão recebera carta lhe comunicando que a mulher o traíra. Enganado! Um caso comum, como muitos outros. Ridículo, quando não nos acontece. De que rimos. Clodomiro chegou, aparentemente calmo procurou a mulher. Nunca soubemos – nem ela até hoje conta – o que se passou entre ambos.
A velha para, cansada, o peito arfante.
– Se a senhora, digo, se isto lhe traz tantas recordações...

– Não, eu gosto, só assim procuro me convencer, às vezes penso que não é tudo real. Mas veja: Só ouvimos um tiro, depois outro. Acorremos, entramos. Ele e mais o filho pequeno, dois anos, mortos, derreados na cama, numa só poça de sangue misturado. Margarida chorava, protestando, perdeu os sentidos, ao acordar só sabia dizer que era inocente, como fora o marido acreditar numa carta anônima, não sabia quem poderia ter desejado tal desgraça, soluçava. Uma dúvida sempre subsistiu: Quem a acusava injustamente ao marido? Ou...? Sempre e sempre jurou inocência. E na verdade não havia motivo para desconfiança. Como já disse, ela adorava o marido. Todos nós, ali com ela, sabíamos-lhe dos menores passos. Ficamos atônitos. Um escândalo. Você ainda poderá saber de alguma coisa pelas pessoas de idade. Ninguém chegou a uma conclusão.

Clodomiro se vingou não matando a mulher, mas se matando e ao filho. Margarida ficaria para ali, a penar. Clodomiro sabia-a sem coragem para tentar o suicídio. Margarida endoideceu, numa doidice calma. Até hoje não sei, Deus me livre de fazer um julgamento apressado. Quem poderá julgar! Quem? Mas aquilo acabou com a vida de todos nós. Quando me lembro de minha família, da tradição que tínhamos, do quanto éramos considerados na Capital!

A velha ergue a cabeça, com orgulho.

Chorava. As lágrimas corriam.

A moça derreada.

Eu calado, não sabendo o que dizer, um tanto incrédulo, quase impossível que, ainda hoje, no nosso século tão cheio de si e objetivo e mecanizado, tais fatos fantásticos tivessem ocorrido. Depois me lembrava que não, aquilo tudo pertencia ao passado, não era de hoje, mas hoje um anacronismo. Tal família não fazia parte deste nosso mundo, mas trazia até nós uma partícula de um mundo sumido. O tempo retrocedia, desandava, deixava entrever uma outra faceta.

– Clodomir, Clodomir, juro, juro, me mata tambіén, te lo juro, Clodomir mio, el mio filho...
– Acordou, vai recomeçar.
Ficamos calados, ouvindo aquele choro. Como não enloqueciam aquelas duas criaturas! Ou já... Voltei a sentir a chuva, o vento. A noite avançara, negra. Ergui-me, sacola ao ombro. As sombras cresceram, enormes, lamberam as paredes. A luz da vela não iluminava; fingia iluminar. Balouçante. De novo, em poucos dias, me lembrei de Hoffmann, Poe, de outras leituras fantásticas, de novelas americanas de mistério. Não estaria naquilo tudo um pouco de fantasia, de imaginação exaltada! Sim, eu delirava! Procurava acordar. Precisava me tratar. Mas não! Ali estava a casa, a chuva, a velha, a moça, o "Clodomir, Clodomir", as sombras dançarinas.

A porta foi aberta, os protestos da velha – "que a chuva continuava, iria me molhar, adoecer, que Deus tal não permita" – também da moça, mas a minha insistência em sair as fez calar e aceder.

– Vejam – disse enquanto saía – já quase estiou, só continua o vento e uns pingos de nada.

A chuva miúda me refrescou a cabeça. Afastei-me. Olhei para a casa, quando cruzava o portão. De uma janela, Margarida ria e chorava, me chamando, acenando, fazendo gestos que me pareceram obscenos, dizendo palavras que a chuva não deixava entender. Só uma:

"– Clodomir... Clodomir... Clodomir..."

E um trecho de frase que julguei entender. Ou seria imaginação?

– "No es verdad! Te lo juro!"

Rosto encostado à vidraça; rosto cortado pelos fios de chuva; rosto velho coberto de rugas e lágrimas; rosto velho como uma velha máscara onde estava guardada uma certa cena, uma certa data, bem do passado, inacreditável.

PONTO DE BALSA

> *Diez noches y diez dias contínuos de diluvio cernióse sobre la selva flotando en vapores; y lo que fuera páramo de insoportable luz, tendíase ahora hasta el horizonte en sedante napa líquida. La flora acuática rebrotaba en planísimas balsas verdes que a simple vista se veia dilatar sobre el agua hasta lograr contacto con sus hermanas.*
> El regreso de Anaconda – HORACIO QUIROGA

Vamos sair logo amanhã cedinho, na mudança da lua. Estamos em ponto de balsa. Me acompanhas? Tá bem, tá bem. Prometi, sei. Explico, sim. Mesma coisa não é. Juro. Nem de perto. A emoção de ver, de sentir, de apalpar, de fremir, de vibrar, de vencer os precipícios, as corredeiras, os imprevistos, a selva espreitando, as águas grávidas indomáveis. Gosto de perigo. Isto sim. Gosto do perigo. De lutar contra os elementos. É bom. Não me acreditas? Pergunta pra Lúcia, não demora chegar. Dá uma sensação de força, de poder, de domínio, de... de bem-estar. Sensação só não. Certeza. Riscos existem, já disse. Muchos. Quando me alembro... tremo... O pavor... Tontura... tortura... meu quengo. Dói. Inda tengo delante de mim o madeirame espedaçado. A água borbulhante viva-veloz, as mãos crispadas, os olhos esbugalhados, o grito. Um grito único repercutindo por aquela imensidão. A-mé-li--ooo. Não! Agora não! Deixa pra lá. Depois quem sabe.

Quero-como? – te falar das viagens, da estranha impressão que me domina. Explicar lo que passei, bons e maus momentos. Não tengo palavras. Só mesmo participando. Peligroso é, repito, pra quê negar, por quê? Experimentei na carne, na alma. Mas a vida não é um perigo constante, me diz, hem? Que valeria sem tais momentos? Água parada, morta, podrida, malcheirosa. Não consigo me imaginar vivendo de outra maneira, burguesão metido a besta, carnes apodrecendo. Ahorita mismo me arrepio só de lembrar. Os homens esperando, tensos. A violência da chuva. A enchente tomando as margens, tomando as casas, tomando as árvores, carregando animais, o rio inchando, inchando; logo nós ali, na balsa, enfrentando de um tudo, dependendo apenas de nós mesmos, entre céu, água, mataria. Os dias se emendando idênticos, chuva ou sol, vento ou calmaria, o negrume palpável se fundindo à claridade cegante.

Balsas e mais balsas, a madeira ainda sangrando, manobradas por um prático, peões cavalgando-as. Vai, imagina a cena. Está aqui, delante de meus, teus olhos. Parece um comboio interminável. Coleando, subindo-descendo, avançando, parando, recuando. Eu? Tenho catorze anos desta atividade na cacunda. Me acostumbrei. Vibro. Momentos de alegria: sentir que estamos ganhando a batalha, que somos superiores à força das águas, que podemos derrotá-la. Momentos de incerteza: a dúvida que se infiltra maneira, será que vamos conseguir chegar ao porto de destino? Momentos de pavor: como ainda há poucos... Num tumulto, se atropelando, lembranças sumidas voltam vivas, aqui, na cachola, aqui, na pele, no sangue, na merda. Isto dói. Verruma. Morde. Mierda. De repente tudo se esvai, um branco, a cabeça oca.

Nem sei quantas vezes cruzei o rio Uruguai numa balsa em direção à Argentina. Preciso ganhar a vida, né. Nada mais sei fazer. Ou gosto de fazer. Tive viagens tranquilas, tive, os

peões nos remos, caibros de cinco metros, dois ou três em cada, de cada banda da balsa, na frente e atrás, remando num ritmo compassado, no controle pra manter a balsa no rumo certo, eu só manobrando, prático com prática de anos, sonhando em chegar, tomar uma canha, pegar uma cabrocha. Curioso: devo estar viciado, preciso das águas indóceis, los peligros, só aí me sinto vivo, útil. Saber que venci, que domei os elementos, que domei a bichinha embaixo de mim. É excitante. Parece uma trepada. Mas as águas são matreiras que nem fêmea, ficam na espreita para dar o bote, me parece até enciumadas. Se vingam. Como naquela vez, quando um pedaço de mim se foi. Lúcia. Não vou desistir, não sei desistir, não me entrego, tenho novos motivos pra persistir, procurar, quien sabe...
    Se me demoro em terra sinto falta. Não, não sou daqui. Vim, como tantos, do Rio Grande do Sul, gaúcho da fronteira. Vocês, catarinas do litoral, mal sabem o que é isto, este oestão brabo. Melhor: não sabem nada, nada conhecem. Dizem: um fim de mundo, mundão inóspito, desconhecido. Negar não nego. Só acrescente: fascinante, misterioso, que resiste ser violado, não se entrega fácil. Também podia dizer: um mundão de riquezas pra quem soube aproveitar. Yo mismo, no começo. Esquece. Apaga.
    Tem gentes que hoy es dueño de municípios inteiros. Chegam, tomam posse, começam a derrubar árvores, vão erguendo uns ranchinhos de taipa, abrem arruados, logo surge a pracinha com a igreja, a delegacia com a cadeia, uma vendola de comes e bebes, a cabana melhor, de madeira trabalhada, do dono de tudo, miúdas plantações se iniciam num roçado, verduras, legumes, pés de milho, feijão, criam-se porcos, galinhas, umas vacas leiteiras. Em pouco a notícia circula, vão chegando os futuros agregados, vivem da caça, pegam peixe de água doce, é gente tangida pela miséria que na miséria continua, mourejando pros que dominam tudo. Assim foi se fazendo esta região.

Vês aquele velhinho sentado lá no fundo? Parece um mendigo, maltrapilho e sujo, mais mal vestido do que eu, pés nuns tamancões, chapelão remendado de palha trançada, bebendo uma pinga, comendo uns nacos de linguiça frita. Carajo! Tem um caminhão de grana, é dono de um município inteirinho, grita ele, tudo ganho na extração de madeira e nas centenas de balsas que vendo pra Argentina. Um dia me falou, quem vai se preocupar com a natureza, ninguém sabe o que é isto, não fui eu quem plantou estas árvores, nem vou plantar outras porque não iam crescer a tempo de eu cortar elas. O velhinho chegou aqui com una mano na frente outra atrás. Hoje manda num bando de gentes. E quando digo bando é bando mesmo. Com aquele ar pacífico de avozinho é um bandidão. Matou nem sei quantas pessoas, diz que defendendo o dele, melhor responder se apossando de terras que eram de outros, ou que não eram de ninguém. Tomou-as na marra, falsificou registros, manobrou, fez o diabo. É o próprio diabo. Desalojou posseiros, matou os mais renitentes quando o famoso jeitinho não bastava. Reconheço: difícil não era (não é), basta não ter escrúpulos. Do que me fez te conto... Ai minha cabeça, uma cabaça, um oco, um branco, a dor doída. Espera, espero, vai passar...

 Mando descer mais uma cervejinha, posso, me pagas, né? Afinal, direitos autorais, é assim que se diz. Espantado? Tenho minhas farofas, li de um tudo um pouco. Conheces *El rio oscuro*, do Alfredo Varela? Escuta então: "Y mientras tanto bajaban en majestuosas jangadas; outras tantas vigas llegadas de contrabando desde el Brasil, con una marca que falsificaban en el obrage". E *São Miguel* do Guido Wilmar Sassi, também não? Ouve só: "Este rio tem engolido gente que não é brinquedo". Mais: "A água não precisa de caminho; ela mesma escolhe o seu". Queres ainda? "Por vezes era a trégua. Rápida, porém, e logo a seguir recomeçava a luta. Novamente os machados começavam a derrubar as árvores e o estrondear dos troncos em queda repercutia na floresta." Garçom! Te falo da minha vida, vais ver, aproveita, me usa, só não falseia. De arrepiar. Anota. Calcurriei montões de caminhos antes de arribar aqui. Andei pelos brasis, pelas argentinas, pelos paraguais, pelos uruguais, conheci terras, me apaixonei pelas águas. Enfrentei passagens duras, a última, a maior, não faz muito. Dela não falo. Não me refiz ainda. Me mutilei. Não quero mas penso: resta um fiapo de esperança, já que o corpo... descobrir, pelo menos, pra ter certeza. Um milagre, dizem que existe. Não demora ela entra, tamos em ponto de balsa, vem me dar adeus, insistir no quero ir contigo, berro NÃO, besteira, te alembra do que aconteceu da outra vez. Que outra vez, me interrogo.

Pra que ficar escarafunchando? Na vida dos outros ou na minha. Eu podia estar como o velhinho, no bem-bom. Tive tudo quase em mis manos. Joguei fora, se evaporou, sumiu. Em farras, no mulherio. Vida desbragada, estás pensando. Bandalha mesmo. Não me queixo. Só constato. Vivi minha vida, tive minhas experiências, meus dias de luxo, meus dias de lixo. Quais melhores não sei. Vivo minha vida. Só lamento, só me recrimino pelo que não fiz. Ou por não ter podido salvar... Não! Não! Esquece. Merda! Porca miséria!

Saber mais? Tens direito. Te conto. Do tamanho da cerveja, das cervejas. Temos tempo. O que queres? Verdades-mentiras. Lendas, mitos, fantasias, fantasmagorias, fantasmas que me arrodeiam. Sei, conheço histórias até inventadas que hoje passam por verdades. Passam? Ah, sim, já ouviste, queres mais. Muy bien. Certo, certo, sem enchentes a balsa não tem como sair. Fica parada meses. Prejuízo pros donos; mais pros homens que dependem do transporte da balsa pra viver: A espera pela chuva que teima em não cair intranquiliza. A peonada observa o céu pejado, as nuvens em bandos erradios zombando-zombeteiras. Quando, onde, como morre afogada uma criança. Logo, a chuvarada pra valer, intensa, dias e noites. A enchente. Foi o começo.

A reclamada enchente, a ansiada enchente. O ponto de balsa. Os homens se animam. Se preparam. Partem pro confronto com as águas. Assim criou-se a lenda, o mito, a fantasia. A verdade. Sei lá, quem sabe, ninguém sabe, todos sabem. Agora te garanto: pro rio Uruguai subir até o ponto de balsa há necessidade de morte por afogamento. Pouco importa seja homem, mulher, criança, moço, velho. Alguns rebatem: criança, de preferência criança. Boatos circuIam: já houve afogamentos provocados. Se aconteceram muitos? É possível? Pergunta ali pro velIinho. Quantas pessoas se banham nestas águas durante o verão? Natural que um mais afoito se afogue. Ou seja afogado à noitinha. A lenda acaba adquirindo foros de verdade, se torna verdade verdadeira – se o fato se repete mais vezes ou se é inventado com insistência. Tudo se confunde no imaginário popular y los tiempos tudo encobrem e apagam.

Yo mismo, eu vi, sim, vi afogados. Um que reapareceu dias depois, longe, inchado, podrido, comido pelos bichos, buracos em lugar dos olhos. Bueno. Me lembro, as chuvas que teimavam em zombar da gente em pouco inundaram tudo, trazendo pra muitos o pavor, enquanto outros se animam, aprontando-se pra cavalgar as águas no dorso das balsas. Tengo, en mi vida, ainda quente, um sumiço. Digo sumiço; não quero aceitar, não me convenço que mor... cadê o corpo!

O velhinho está saindo, olha. Hombre malo. Finge que não me vê. Me deve uma viagem, mucha plata. Finge. Alegou que faltaram toras. Como iam faltar? Mentira! Colado com um capanga, o mais perigoso. O Cara de Cavalo, matador profissional. Se completam os dois. Um manda, o outro executa. Nada respeitam, compraram a polícia, as leis. Já vais ver como agem. Presta atenção: as balsas são formadas por madeira serrada ou em toras. Cada balsa pode ter entre 300 a 1000 dúzias de tábuas. Quartel é o comprimento da madeira, 5,50 metros. Uma balsa alcança em média 9 quartéis. A amarração das tábuas é feita com arames, bem firmes pra que resistam à força das enchentes. Pra se prevenir, cada firma tem a sua marca, que nem se marca o gado num pasto. Bueno. A balsa arrebenta, a madeira continua sendo arrastada até baixarem as águas, encalha numa margem. Fácil ser recolhida pelo dono. As marcas, entendeste? Entende então por que te expus tudo isto: o velhinho compra ou ameaça empregados de outras madeireiras, raspa ou modifica as marcas, manobra a amarração, substitui os arames por outros de menor resistência. Chegaram já a ser descobertos homens do velhinho recolhendo madeiras de outras firmas encalhadas à margem do rio. Reagiram à bala, alegando que estavam defendendo o que era deles. Perro maldito. Não respeitam nada. Me deve uma vida. Lúcia. Não! Cuspo em mim, vira esta boca suja pra lá Amélio, demora pouco ela chega, vamos sair, me abraça, me beija, diz toda derretida A-mé-li--ooo, eu brinco, estamos em ponto de balsa minha nega... minha cabeça, ai...

Merda, merda, merda, Amélio de merda, amei ela, pasión de mi vida paria, chega desta porcaria de cerveja, garçom, uma canha da braba che, me bota aqui uma boa talagada, melhor, deixa a garrafa, preciso, assim não te aporrinho chamando de novo, e para com essa música de bosta, bota aí um tango, só me lembrar o que fez aquele hijo de una putana. Me acompanhas? Ah, queima pero es muy buena. Preciso, se não paro por aqui mesmo, não tenho como prosseguir. Carajo! Me culpo. Por que fui concordar, me diz, Lúcia insistia, me leva benzinho, vai ser tão bom, não quero ficar longe de ti, nun-quinha, a gen-te-jun-ti-nho, depois, quem sabe, uns dias lá pro lado argentino, não conheço tenho vontade, nin-guém no meu cor-po, só tu, quero ser só tua, vais dizer que não te importa me vendo com outro, pois eu fico enciumada quando tu olha pra outra na casa da madame, vai ver tens alguém lá praquelas bandas. Me ganhou pelo cansaço, pela insistência. Não! No fundo eu também queria, estava enrabichado, fico doido, doído por dentro imaginando: ela pode estar trepando com outro, dando pra outro carinho gozo que devem ser só meus. Tangaço: "En mi pobre vida paria/Solo una buena mujer". A primeira vez que escutei este tango foi na casa da madame. Minto. Vi Lúcia pela primeira vez quando na casa da madame tocavam este tango que eu conhecia de bordéis na fronteira argentina, em Corrientes. Era miudinha, doce, macia, rosto de passarinho, uns olhões verde-musgo do tamanho do rosto, voz sussurrada que me envolvia, me imobilizava. História comum: foi descabaçada por um tio quando tinha 14 anos. O tio levou ela prum passeio na praia, comprou balas, uma bruxa de pano que ela namorava havia muito, foram jantar, choramingava contando, me lembro que o tio me passou as mãos pelo cabelo, desceu no pescoço, brincou bicando meus seios que mal se notavam do vestido fininho, nem sei explicar o que aconteceu depois. Parava, enxugava uma comprida lágrima, me apertava contra o peito, prosseguia, fui expulsa, queriam que eu explicasse o sangue no vestido, onde estivera, com quem viera pra casa, o tio fazia um ar espantado dizendo deixei ela na porta, andei uns tempos em Florianópolis, depois Lages, sem entender direito, queria morrer, sofrimento mágoa, um dia um caminhoneiro me largou aqui, acabei na casa da madame, sorria pra mim, só contigo passei a saber o que é gozar, só sei o que é ser mulher de homem e compartilhar a vida com ele quando estou contigo, te amo, olha, só em dizer isto me arrepio todinha, vibro toda, me beijava, me chupava, se grudava em mim, gemia e chorava de prazer. Eu também, carajo, Lúcia tá demorando.

  As voltas que o mundo dá, mundão, viejo sin fronteras, de repente deixa de ser hancho e se torna tão pequeno.

– é de Biguaçu, vê só, morava pros lados de um tal de Prado, caminho pra praia de São Miguel, agora dou aqui nesta charla maluca com quem?, um jornalista de Biguaçu, que morava também perto do tal de Prado, só que antes da ponte, vai ver chegaste a conhecer a família dela, tinha uns irmãos da tua idade. Tu que és um cara escolado, vivido, viajado, me explica estas coincidências, vai. Me explica mais: por que ela insistiu tanto – e eu acabei concordando – pra me acompanhar naquela maldita viagem? A infeliz sussurrava, insistia naquela vozinha de passarinho ferido, me le-va con-ti-go bem-zi-nho, me le-va me-u-A-mé-li-ooo, não queres mesmo uma canha, mano a mano que hás sido hasta ahora me ouvindo com paciência, a canha queima mas desce bem, aquenta as tripas, areja a cuca, ouve a cantilena, rechifláo de mi tristeza, Lúcia continuava, A-mé-li-ooo não me dei-xa aqui, soy tu mujer, me beijava, me lambia, me sugava a língua, me mordia na orelha, las manos viajando Cor mi corpo, descendo até meu pau já duro, escandia as sílabas, nã-o que-ro nun-ca-nun-qui-nha ma-is me se-pa-rar de ti, te a-mo. Ah, mujeres, nuestro paraíso, nuestro inferno!

Eu tava no boteco tomando umas e outras, aquentando corpo e quengo, quando o negão Zequinha entrou afobado e me chamou a atenção: olha só a estiada, Amélio, as nuvens tão indo simbora levadas pelo vento, tem inté uma beiradinha de sol, me disseram que lá pra riba, nas ribanceiras pras bandas dos rios Pelotas e do Peixe a chuvarada continua arme, é bom pra gente se arrancar, tá mesmo na hora de tocar o barco, vamos botar o pé na água.

Concordei, saí atrás dos peões, procurei Lúcia na pensão da madame, avisei, te prepara, logo-logo vamos sair, se tudo correr bem, sem vento contra, daqui de Chapecó até São Borja quatro-cinco dias. E depois, ela perguntou, animadona. E eu: mais um trechinho até Salto, na divisa com Argentina, dali em diante com vento favorável podemos atingir até 60 quilômetros por hora. E ela: que bom. E eu: já que teimas em ir e és de rezar reza pra água não descer muito ligeiro que é pra não entrarmos numa invernada, já estive numa que durou quase seis meses – uma vida inteira, o tempo não passa, escorre gota a gota que nem óleo malandro pingando. E ela: daí, que tem, nóis juntinho. E eu: bueno, que tem é que temos que ficar ali enfrentando sol e chuva, acampados na própria balsa tomando conta até que apareça outra enchente. Ela sorriu, me disse que bom, tiramos umas férias. Fechei a cara, forcei a barra, aumentei o perigo, as chatices, com o tempo a má vontade dos homens, quem sabe ela desistia. Que nada, se animou ainda mais, não temia os perigos, novidadeira batia palmas feito criança que ganhou um doce, me abraçou, me beijava, dizia ben-zinho que booom. Bisbilhotou: o que é uma invernada, diz, já ouvi falar tanto, ninguém explica. E eu lá tinha certeza donde surgira o dianho da palavra. Bueno, de inverno penso que não é. Ou é? Vai ver é. Invernada minha nega, dei uma de sabido, pra nós é quando as águas da enchente baixam fora de tempo depois da largada da balsa, obrigando a gente a ficar esperando parado, tendo que amarrar bem a balsa com espias de aço nas árvores ou em pedras à margem do rio. E Lúcia: novidade, quero saber donde surgiu a palavra. E eu: pergunta mais cabulosa, não sou enciclopédia. Sei é que, se por um lado a enchente torna a viagem posible e menos perigosa, por outro lado uma descida rápida das águas torna ela mais arriscada se não encontrarmos logo uma boa invernada. E ela: por quê? E eu: passamos a enfrentar situações mais difíceis, como escapar de uma corredeira e cair num precipício, ou ter num ressorgo a balsa despedaçada. Tás vendo o que vais ter pela frente.

Adiantou? Mulherzinha danada. Decidira – e pronto. Largamos pouco depois. Na saída um como aviso: o primeiro acidente, eu devia ter desconfiado. O Jesuíno, peão novato, falseou o pé, pinchouse da balsa, sumiu, voltou, bracejou, sumiu, me boleei na água e garrei o cujo, uma corda foi jogada, me gadunhei nela, fomos içados. Nada fez diminuir o ânimo de Lúcia. Caminhava pela balsa, se mostrou encantada com o ranchinho feito no capricho pra gente se abrigar, admirou a trempe em cima do barro bem socado, a fumaça se elevando do fogo onde uma panela prepara um bom feijão. Entusiasmada diz que está com fome, quando vai sair a boia, logo, né. Digo sim, os peões ainda estão manobrando, cada qual na sua faina determinada, alguns ela conhece, o cozinheiro é meu velho companheiro Zequinha, onde se viu, negão de quase dois metros, mais de cem quilos de carne e músculos, vozeirão de meter medo, gargalhada que estilhaça um copo a metros de distância, chamado Zequinha. Bebe bem, come bem, trepa bem, sabe como poucos preparar um charque no feijão ou assado na chapa, um arroz carreteiro, um pirão assustado com farinha de mandioca da fininha, nem sei donde surgia com um peixe na brasa, nas horas mais necessárias aparecia com um mate-chimarrão quentinho pra rapaziada, café com um pingo de pinga, muita canha, canha pra mode de a gente arresistir à chuva e ao frio, até a paura por que não, cobertor encorajador melhor não bá, cadê.

Tocamos pra diante, chuva maneira voltou, nada de vento pra empurrar a balsa, a gente ia só pela força da enchente, o dia transcorreu assim, outro, mais outro, diabo, a viagem ia demorar mais, eu matutava, bueno, não tem remédio remediado está. Aí o enguiço, Zequinha quem viu, berrou: Amélio, te aprecata tem qualquer coisa errada, tamos indo prum ressorgo, vé só a água borbulhando no arredor de nóis. Vi. Me caguei todo de medo, não por mim, primeira vez que enfrentava um ressorgo não era, por Lúcia. Como não prestara atenção, carajo, vamos pra luta.

Olhei: cadê os vãos da amarração, eu tão escolado me deixando apanhar feito um principiante, foi a emoção de ver

Lúcia na balsa, desta vez me fodi em verde-e-amarelo, tudo isto vinha-não-vinha pro pensamento enquanto procurava uma saída.

Dificil, só vi uma. Gritei: a gente temos pouco tempo, uns minutos, vamos ver se abrimos uns vãos na amarraçao, se conseguimos umas brechas na madeira, por dentro me interrogava, será que não foi coisa do Cara de Cavalo a mando do velhinho bandidão, mandei dois ou três peões deixarem os remos, peguem machados e facões, tentem fazer uns vãos na balsa, nas extremidades ou no centro pouco importa a essa altura, gritei pro Zequinha, tu fica aí mesmo onde está, pra cabrocha, tu vem pra cá perto de mim, te segura aqui, nesta tábua, bem firme.

Procuro pensar em outra solução, não consigo, nem agora, um branco, minha cabeça, veja só... arde... queima.

Mal deu tempo pra tomar estas providências e somos sugados, tragados, um ressorgo violento, a água fervendo em círculos, as tábuas explodiam que nem pipoca pra todos os lados, os homens procuravam se agarrar nelas, iam afundado, sumindo, Lúcia deslizou, afundou, voltou à tona, Zequinha segurou ela, eu também já lutava com um redemoinho, me safei, peguei uma tora que passava, Zequinha me acenou, me esforcei, cheguei até perto deles nem sei como, Lúcia escorregava outra vez, puxei ela pelos cabelos, coloquei em cima de uma tábua com uma quina de ranchinho, fiz um gesto significativo, ela entendeu, se agarrou com força, seus olhos luziam, de pavor ou excitação nem sei, Zequinha foi atingido no pescoço por uma tábua, afundou, subiu, sangue esguichava, afundou, sumiu, também Lúcia agora sumia de diante de meus olhos, já ia lá longe agarrada na tábua, gritou virada pra meu lado, o grito se espalhou pela imensidão, socorro ou Amélio, qual seria, nada mais ouvi, nada mais vi, só o Amé-li-ooo reboando, a última imagem que se formou na minha cachola foi o ribombo do entrechoque entre a resistência de madeira e a força das águas, ninguém pode com elas, não tem saída, o ressorgo vai puxando a balsa ou o que resta dela pro fundo estraçalhando tudo.

Acordei com um lagarto preocupado me olhando, mais atento ao estranho ser que viera parar ali do que ao solão que, lá de cima descendo rente rijo, fervia, expulsava a neblina, mordiscava tudo.

Corpo dormente, lábios ressequidos, febre, sede, não sabia o que acontecera, onde estava, de nada me lembrei. Tentei me levantar, caí, ergui a cabeça, me firmei num cotovelo. As águas haviam baixado bastante, o rio quase em seu nível normal. Num relâmpago tudo me veio à lembrança, vi Zequinha afundando, vi outros homens bracejando, vi Lúcia desaparecendo ao longe, um grito lancinante reboar pela floresta, A-mé-li-ooo. Só de mim nada lembrava. Nada. Como chegara ali. Nascera de novo. Não queria nascer só, preferia voltar atrás, brigar por Lúcia, brigar com Lúcia, deixar ela na casa da madame, trepasse com outros mas continuasse viva, não te levo não Lúcia.

Me arrastei pra cima, pra longe da água que teimava em me lamber os pés, do lagarto que não parava de me mirar, o corpo doido-mole, será que não tenho nada quebrado, procurei levantar. Além da sede, uma sede de dentro que me queimava, comecei a sentir fome, me revoltei indignado, a vida é forte-exigente. Não tinha nada comigo, só a roupa do corpo seca-grudada, lama nos pés, lama no rosto, lama nas mãos, voltei pra perto da água, limpei o que pude. Carajo, a fome aumentou, a sede queimava. Vi perto frutos numa árvore, com uma vara arranquei alguns, mastiguei, sabor ácido, sumo escorreu pelo queixo, aliviaram a fome mas deixaram mais sede, língua travada, temi tomar água do rio, saí, meio me arrastando caminhei em busca de um riacho, uma fonte d'água, água da chuva empoçada numa folha ou depositada no côncavo de uma bromélia.

Para onde me dirigir? Não sabia, não tinha a mínima ideia. Caminhei. Um grito angustiado, vindo agora do fundo das águas, me perseguia, A-mé-li-ooo. Pensei: estou no Brasil ou na Argentina. Pensei: como consegui me salvar. Pensei: por que me salvei? Pensei: mais alguém terá se salvado. Pensei: e Lúcia. Pensei: Zequinha certamente não, a pancada acabou com ele. Pensei: a notícia já terá chegado até Chapecó. Pensei: deu à terra algum corpo? Pensei: quantos dias se passaram. Pensei: muitos não podem ser, fiquei desacordado um-dois-três dias no máximo. Pensei: preciso começar a me mexer, me situar. Pensei: ver se encontro alguma criatura viva que me oriente. Enquanto pensava um vulto se delineava: delante de mim o Cara de Cavalo. Tremi de ódio. Sim, ele, foi ele a mando... mas tudo sumia, um vazio, cabeça oca.

Anoitecia. Precisava de um pouso onde me abrigar. Bueno. Perigoso um buraco na terra, uma reentrância numa rocha; possível o alto de uma árvore, num ramo folhudo. Divisei um com espessa galharia, no meio de uma clareira, será que ia chegar até ela antes de a noite se fechar. Não era tanto a distância, eram minhas condições físicas, o corpo dolorido, a dificuldade em caminhar, um pé duro, meio me arrastava meio caminhava, voltei a me apalpar, examinei o corpo, não, nada quebrado tinha certeza, por certo só uma pancada mais forte. Foi uma noite de pesadelo, eu me debatia, as águas cresciam envolvendo tudo, queria agarrar Lúcia, afastar o grito, tapava os ouvidos, o grito, o grito, o grito.

Manhãzinha um solão espiendente em contraste com meu ânimo me sacudiu. Acordei, suor pegajoso empapava meu rosto, meu corpo, sede insuportável, escorreguei da árvore, ali perto consegui juntar um pouco de água de uma poça, bebi em goles rápidos sem pensar em contaminação, em doença, primeiro com as mãos em concha depois fiz copo com folhas, perto dali colhi goiabas verdolengas, mais adiante araçá, banana, mamão, jabuticaba. Indeciso do rumo a tomar parei, sentei no chão, chorei pela primeira vez em anos, choro não por mim, como não tinha chorado desde a morte de minha mãe, um choro por Lúcia, pelos peões, por

tudo que se fora para sempre, sempre. Reagi. Zequinha com certeza, Lúcia não. Podia ter se salvo. Não estava eu aqui, vivo, são, eu que de nada me lembrava? Enquanto vogava agarrada a uma tábua, a última imagem que retive foi ver ela virada pro meu lado, berrando num berro único que não me larga. A-mé-li-ooo.
 Decidi. Comecei andar. Não sabia bem pra onde. Me guiava pelo sol, pelas estrelas, pela lua. Importante era não me entregar. Sem rumo certo me internei na mataria, a floresta se fechava, bichos espreitavam, me seguiam, pássaros cantavam ou pipilavam, passei alagados, dormi em cavernas, em galhos de árvores, comi raízes, vomitei, comi frutos desconhecidos de sabor áspero, bebi água de riachos, sofri com o solão que me pinicava inclemente me empapava, com frio das noites que por igual me pinicava, pensei, estou andando em roda feito peru, me sentia febril, amolecido, tonto, um pesadelo se emendando a outro. Por vezes um ânimo sem explicações me tomava, cantarolei, rechiflao de mi tristeza, o coro em redor, tris-te-za, nem sei que força interior me fazia prosseguir, via diante de mim Lúcia me incentivando, agora me acena, seu corpo miúdo nu cintila, seus seios que tanto me excitavam cresciam de forma descomunal, barravam a passagem, eu varara entre eles, corria atrás dela, exausto continuava na corrida, ao chegar perto Lúcia se evaporara, subia-sumia, perdia-se lá no alto entre nuvens, ria-chamava vem-vem, um grito agudo que era o mesmo sempre, A-mé-li-ooo.
 Nunca imaginei que os latidos de um guapeca me fizessem tão bem. Devia haver gente por perto. Logo deparei com a choça de um caboclo. Receoso arrodeei ela, o guapeca continuava latindo, ouvi chamar ele, mais uns passos e vi um velhote de barbicha rala, capinava uma rocinha de mandioca, perto dois filhos brincavam no barro fazendo animais, aves, na cozinha a mulher preparava um café, do fogão

a lenha nuvens de fumaça subiam preguiçosas. Levaram um bruta susto quando apareci, eu queria explicar não sabia o que, a emoção ao ver gente, pedi um café bem quentinho, a coisa mais gostosa que tomei em toda minha vida, depois apontei pruma garrafa, me bota uma pinga de pinga, o café descia quente, me aquecia por dentro, pedi mais, enquanto eles me pediam explicação, que explicação, logo uma lombeira boba-boa me tomou, deitei ali mesmo no chão duro de barro batido e dormi, dormi, disse o caboclo que o sol havia aparecido e se perdido duas vezes até eu acordar.

 Aí, meu quengo, aí, um estilete varando, da nuca pra testa, da testa pra nuca, vai-e-volta, pobrecito de mi, um silvo, um urro, um grito sempre. Peço, expliquem o que é, não explicam. Quando reapareci o dono da balsa levou um bruta susto, é alma penada do outro mundo, vai-te satanás, é um fantasma, ninguém pode ter escapado, que fazer foi aceitando, queria saber conte tudo, tudo, como consegui escapar, lá sabia eu! Me apontava, dizia, el hombre este me apareció por la noche, no lo crey, acabou por me apalpar me aceitando como um ser vivo, passados uns tempos perguntou, tienes coragem para volver a las águas, a las balsas, disse que sim, só o que sabia-gostava de hacer. Riu, me levou pra casa dele explicou, não tenho provas, mas também não duvido de que tudo foi trama do hombre malo com ajuda do Cara de Cavalo pra ficar com o madeirame, pouco importando quantas vidas tivessem que ser sacrificadas.

 E Lúcia – era só o que eu queria saber. O corpo, como o dos outros, não tinha aparecido. Retrucava: muy bien, não apareceu se salvou, voy encontrar ela aqui hoy, gritar sua vaca, dar uma surra de criar bicho. Onde se viu, berro e berro, se tu não tivesse insistido tanto – bem-zi-nho-pra-cá--bem-zi-nho-pra-lá – e eu bestamente concordando, em lugar de estar aqui jogando conversa fora sabes aonde me encontrarias, sabes, no bem-bom de uma cama quentinha em cima de Lúcia, fuqui-fuqui. Em todos los afios de mi vida paria não encontrei muier iguai. Nem vou encontrar. Preciso? Vou encontrar é ela. Uma coisa me diz, me garante. Olha-olha. Está chegando. Entrou. Está ali, parada na porta. Rindo pra mim. Não de mim. Pra mim. Pequenina, macia, doce. Vem na minha direção. Licença. Vou ali, digo carinhoso vais ver o que é bom, abraço bem apertado, levanto de bunda pra riba dou a prometida surra pra Lúcia aprender a não teimar. Nunca deves insistir com teu homem, ele sabe o que é melhor pra gente, pra nós dois... Me viu desconfiou. Foge-dispara-some. Sempre assim. Paciência. Fico na espera pego ela um dia. Pego. Vai ter uma hora se descuida sem conseguir escapar. Juro. E agora. Corro. Vou atrás de Lúcia. Me espere. Volto logo. Se alembre, vamos sair amanhã bem cedinho na mudança da lua estamos em ponto de balsa te prepara vem com a gente, emoção-sensação de varar a enchente domando as águas ninguém esquece. Ah, sim, mujeres, sabes como é, pro caso de eu me demorar um pouco mais me procura na casa da madame, todos lá me conhecem, bueno, pergunta pelo Amélio, vejo agora que não te dei meu nome completo, nem precisa, em todo caso aí fica pra uma emergência, Amélio Bertholdi um seu criado-amigo.

GALO, GATO, ATOG

Ah-ah-ah – deixem-me rir. Ah-ah-ah, oh-oh-oh – não posso conter o riso. Ah-ah-ah: a exposição, o roubo. O quadro. Um gato. Oh-ho-ho – não-não! Absurdo. Um galo. Bem; sim: um galo. Expliquemos: é impossível manter nas sombras, sem esclarecimentos, fatos assim lamentáveis e que tiveram repercussão tão ampla. O roubo. Gente. Gentes. Atentado à propriedade privada. A posse. Participantes que fomos, ninguém melhor do que nós poderia dar uma ideia mais precisa do que sucedeu. A exposição... as consequências... o... Mas vamos entrar direto no assunto. Sem tergiversações. Vejam, compreendam: não-não, não foi um gato, foi um galo. Manipulação. Imprensa, rádio, jornais e revistas, cinema, televisão. Propaganda. Comunicação. Promoção. Manipulando. Uma simples letra e quantas transformações! O substrato das coisas vem de um imponderável fator que não determinamos. Eis um mundo de suposições, de subtrações, de... Me deixem, antes, contar-lhes uma pequenina história edificante. Sucesso, premiações? Pois sim! Jogo de influências, simples jogadas e manobras. Foi assim: o roubo, aqui pra nós, se processou de maneira sensacional. Preparadamente sensacional. Entenderam? Premeditado. Hem? Para quem quer ver um pingo é letra. Perceberam o alcance? Vejam o roubo. Um quadro. O galo. O gato. Ilações. A pintura evolui, sofre mutações com o correr dos tempos, se integra e adapta às condições vigentes e às perspectivas atuais. Nova visão do mundo, do cosmos, da vida, do... Do figurativo ao abstrato. Abstrativar o figurativo, criando uma nova linguagem plástica que só os pósteros admirarão e irão entender. Exemplo? Não: os clássicos não! Da Vinci, Rafael, Miguel Ângelo, Giotto... não-não. Avancemos. O impressionismo. Sim, o impressionismo (ou o expressionismo?): levou quanto, 50 anos, 100 anos para se impor, para vencer. Chacoteado, chicoteado. Novamente uma letra só mas que diz tudo, modificando. Modificando? Aqui não, complementando. Vejam só: chicoteado, chacoteado. No fundo, no mundo – talvez o mesmo. Mas em outras... bem. Busquemos a nossa correalidade íntima. Por que não acreditarmos, não esperarmos outros 50 anos para ver os resultados, se vencerão ou não as tendências atuais, modernas? Modernas hoje. Amanhã... Beleza? O que é beleza: que tem ela a fazer aqui? Uma coisa vaga, subjetiva, sim senhor. Cada qual busca a sua. Até o belo horrível. E o que tem ela, me diga me digam, a ver com a arte? 50 anos! 100 anos! O que é 50 anos, o que são 100 anos, 1.000, 10.000 anos para a eternidade? Nada! Nada de nada, nada menos de nada. Um condor audaz que viesse rasgar com seu bico possante, um condor não, um beija-flor minúsculo que viesse raspar o seu bico invisível na maior e mais dura das rochas do universo, quando tivesse acabado de gastar a pedra não se teria passado um segundo sequer na eternidade. Eia, pois é, isto é. Não-não, esqueçamos o amor, falemos de dinheiro. Um dia você me quis, nos quis; coletivamente. Para a eternidade. Passou-se outro – e daí? Eis que o homem dos milhões se apossou de você, doce carinha de mel e maldade, cultura fingidora, paixão de mentira. Mal e mel. Uma letra, duas palavras, tão distantes e tão próximas, pegajosas ambas. Vivência, não esqueça, hem, arte é vivência, uma pitada de vivência. Misture-a a, e tereis <; resultado. O tempero. O aprendizado. Saí de casa infante, meu amor não busquei mais; a saudade me atormenta, procurei andar pra trás. Eis aí tudo. Filosofia de vida. Vejamos, meditem: onde nos levará um dia a negreganda imaginação? Um gato nojento e lascivo querendo desbancar um galo lírico e viril. Asqueroso gato ronronante e lúbrico. Libidinoso gato! Minha cabeça arde, recompõe, recua. A pintura é a mãe das artes. E o pai? Nas cavernas de Altamira os homens se comunicavam, se entendiam, por meio do desenho. Da pintura. Se entediavam também? Não-não! Criavam, inventavam, ludibriavam. Saí – diz aquela figura ali. Me espera – é ela que, sutil, traindo o marido incauto, desenha para só o amante compreender. Um bisonte. Uma figura ali deixada como sinal, como final. E logo, quem entrasse, leria tão claramente como nós hoje lemos no mais nítido e melhor dos livros. Já uma pequena mudança na postura, e é a incógnita. Estudem, vejam, aprendam, apreendam, reparem. O sentido mitológico do bem e do mal contido no... Donde provém o medo? O desejo de eternidade, de perenidade. O temor a uma vaga entidade superior não será uma mera (re)criação do desejo de perpetuação do vaidoso homo? Ficar, ser, SER. Não ser pelo que deixa, pelo que faz, filhos ou obras, pelos seus que ficam e o perpetuam, mas ser ele, ficar ELE. Raciocinemos: um dia, não sei onde, não sei como, não sei por que, não sei quando, não sei o quê... E pronto. *Finis*. Adeus. Amém. Certo? Ah, um avião ali, vede-o, ali, lá, acolá, perpassa o céu azul sem nuvens. Risca por um instante o firmamento, poderoso e invisível. Comigo nada nunca ocorrerá. Sou eterno. Agora o temporal. Cuidado, cuidado! ZAZ! Eis que despenca no abismo sem começo e sem fim. Como uma pluma, como uma pedra. Pronto. Acabou. Nada restou. Assim o que sonháramos criar. Surge em nossa imaginação, em nossas esperanças e sonhos, puro, veloz, íntegro, imbatível, aparentemente invencível, indestrutível. Não o gravamos logo e... zaz! Sumiu. Para sempre. Pronto. Nada registra a sua-nossa passagem. Pensemos. Repensemos. Ah, a minha cabeça! Cabaça.

Ai, um gato. Me arranha por dentro, se espoja em mim. Expulsá-lo. Pronto. Pensemos com calma e isenção. O gato: este animal nojento, molestoso, ronronando sempre, libidinando-se, esfregando pelos cantos os pelos falsos, esfregando-se na gente, sensual, sexual, sem-vergonha. Um gato. Quem o quer; para quê? Pensemos mais: com a mesma isenção. Um galo: rei da criação. Seus esporões, sua elegância, sua crista máscula e vibrátil, sua masculinidade e inteireza pura e viril. Penetrando fundo, senhor do terreiro, dominador intimorato. Um gato – libidinento e pervertoso. Um galo – puro e liril. Quem não... não-não! Quem nasceu antes: o ovo ou a galinha? Mas galinha sem galo, ovo sem falo? Partenogênese. Onde a fecundação? Terá a galinha procriado sem cópula: pura, virgem imaculada? Vejam, notem, observem, aqui, aqui, neste painel vou debuchar um galo. Assim, assim. Ei-lo. Agora um gato. Sim. Não. Risquemo-lo. Um galo. Observem. Anos e anos de estudos, milhentos de livros digeridos, todos eles aqui na cachola, um domínio perfeito, sobrenatural, da mão, do braço, dos dedos, do movimento a ser feito, conjugação de todos os membros com o cérebro, rapidamente, a mensagem que o intelecto transmite, mais e mais, a ponto de não se perceber a mão, ficando só uma sombra vaga e informe solta no ar, um voo álacre e alado; absorção até a medula do *métier*, conhecimento da matéria, plasticidade e sutileza, compreensão do fenômeno artístico e controle do pictórico – tudo isto permitiu-me um conhecimento técnico absoluto das linhas e das cores. Notem com que facilidade vou tratando – tratando e traçando – estas linhas tão puras e delicadas. E eis o galo, vejam-no, admirem-no. Ah, dirão, mas isto não custa nada de esforço, vem espontaneamente. Pois sim. Tentem então fazer. Tentem, vamos! Não querem? Não podem. Bah-ah-ah! Não conseguem. Bom. Bem. Vejam como o galo vai saindo do nada, aqui, aqui, agora aqui, destes dedos, um galo fantástico só de linhas, de traços, depois ainda um galo mais fantástico em preto verde vermelho azul amarelo, crista ereta e rendilhada, bico cintilante, esporões recurvos, pairando solitário e dominador. Eis o rei dos animais. Ave Caesar! Ave? Ave. Pouco importa. Rei. Sua virilidade e inteireza extravasam de todo ele. Sem malícia. Inocente. Não é isto o gato. Arranquemos esta folha, não a conspurquemos. Nesta outra, eis agora o gato, retraço-o com rancor, recrio-o com asco, ser peludo, dengoso, manhoso, que se enrosca em si mesmo e nas gentes, onde se percebe, percebem, não-não, transpirando de todo ele uma camada densa de luxúria, luxúria e sensualismo, luxúria e podridão, densa e asfixiante. O galo, símbolo de civilizações antigas, ligado a tantos e tantos totens, pois não é? O galo ou o gato? O galo e seu cocoricar denunciador, antes que pela terceira vez ele se manifeste com sua madrugada cantante tu me trairás Pedro, pedra, podre. O gato, ligado a tantas civilizações! No antigo Egito, agito a tinta. Novamente uma letra, viram, uma só, é um mundo de metamorfoses, de. Me digam: como pode um homem, ilhado nesta terra de vento e areal, com tantos encargos de família, saindo de casa pela manhãzinha para o aporrinhante e vulgar serviço, depois de um magro repasto que não é ré nem pasto, o batido café-com-leite-e-pão-com-sem-manteiga, atropelando-se no ônibus, chegando ao trabalho, cumprimentando bajulatoriamente o burrão chefe emproado, gastando-se ali naquele labutar asqueroso e vil de encher fichas e se encher, como poderá este homem, depois de retornado pra casa com embrulhos de pão, leite em pó, de falta de carne, de paciência esgotada, de poeira e suor, quando ainda vai ter de embalar as crias agradando à prole e à outra metade, como poderá este homem, me digam, se preocupar ainda com o sentido alevantado da arte e suas finalidades específicas de melhoramento do nível cultural e outras implicações na socioeconomia de uma nação, e a fundamentalidade da cosmovisão. Não esqueça, vivência é necessidade básica na escalada da... Terminologia dos diabos! Só complica o... a... o quê? À merda, tudo à merda, é que são elas. À merdíssima, sim senhor! E daí? Minha cabeça cresce, cabaça, me esforço. Penso. Ouçam: pintura não é fotografia, não é cópia não senhor. Se hoje até a fotografia já foge do real e interpreta... Pintura é recriação, é invenção, é interpretação e reinterpretação de acordo com a sensibilidade e personalidade do artista, suas paixões e idiossincrasias, é deformação, é: como ele vê, COMO ELE VÊ E SENTE, entendem. Meu galo. MEU. Gato? Não-não! Pensemos na arte, na... Ah, minha cabeça arde, arte, late. Onde estou, onde estava? Arte, arde. Queima. Ah, discussões que surgiram não sei de onde, com quem, quando. Disciplinar a... Escolher. Trigo. Joio. Explico primeiro uma história. Ela disse, palavras simples e objetivas, sem mistério: vejamos, o galo garnisé está acabado, velho caduco. As galinhas o evitam. Não as cobre mais. Coitado, é uma caridade. Eternize-o, mate-o. Respondi: não, não quero. Recriar o garnisé à minha múltipla maneira e dessemelhança. Vamos deixá-lo em paz, capaz ou incapaz. Enfurnei-me no quarto. Anos e anos me dedicando à pintura, ao desenho. Pesquisei. Li. Centenares de alentados volumes especializados. A diz assim, B diz assado, C não concorda com nenhum, D concorda com todos menos num ponto, E concorda em parte, F discorda em parte, G está indeciso, H recua da antiga posição – todo o alfabeto multiplicado não bastaria para sanar as controvérsias. Sanear o campo. E todos estão certos. E todos estão errados. Consultei professores e pintores. Teóricos e críticos. Visitei exposições. Museus. Viajei. Gastei toneladas de papel. Outras tantas de tinta. Lápis. Inquiri. Discuti. Exercitei-me até adquirir um domínio perfeito da matéria. Conto-vos agora: especializei-me em gaios. Por quê? Sua elegância, sua pureza, seu vigor liril e virial. Tudo isto está bem – mas não é nada. Por quê? Eis uma pergunta que me levaria – nos levaria – para discussões intermináveis. Quero, aqui e agora, dar-vos apenas a linha mestra de meu pensamento. Vejamos. Deixemos o roubo, por um momento mais, de lado; esqueçamos a exposição. Não divaguemos. Depois me lembrarei dela. Dele: o roubo. Quero, antes, enquadrar e aprisionar, aqui, neste espaço limitado de tempo, uma visão do mundo, de um mundo, do meu mundo. Nosso mundo. Concordam? Sim. Não. Mundo de sugestões contidas e por conter. Aqui, dentro de mim; aqui, fora de mim. Aqui, no que sou, no que me transformei. Pensemos um pouco, deixemos que a mente divague, livre. Solta. Que a imaginação galope... Lembro-me bem de que discutíamos: por que a arte, para que a arte. Num mundo conturbado, num mundo de fome, num mundo de miséria. Caótico. E a pintura, mais particularmente, do meu especial interesse, para que serve? Serve! Por que devemos usar sempre esta nefanda palavra *serve*? Seremos por acaso servos do serve? O voo do pássaro serve; não basta ser? Não devemos pensar que o voo do pássaro *é*? Para nosso encanto *é*? Perdão, mas serve, alguém dirá. Serve? Sim: para que o pássaro voe. Bem, concordemos em tese que assim seja, que sirva para ele pássaro, que não nos baste a nós o seu encanto cortando o azul e o que isto nos proporciona. Digam-me agora: seu trinado álacre serve, é utilitário; não basta ser? Mas, tentarão retrucar. Não-não, não me interrompam, não agora: não basta pensar que o voo do pássaro é, que seu canto é, criados para nosso deleite sem mais nada? Para que procurar implicações outras, que virão nos provocar ânsia e angústia? Vede: tudo é harmonia, tudo é linha no universo, tudo é desenho, tudo é cor. Daí tudo parte. Tudo... Deixai que vos demonstre por uns instantes ainda... anda, minha cabeça, arde, arte, minha cabeça, cabaça, aí, rola e cresce, informe, uma tontura, a velha pontada que me acompanha desde quando, desde sempre, as ideias em tumulto, não queria, eu não queria, juro, o quê, mas lá no fundo está ela, a infância, o amargo e o doce... Sim. E ele. O roubo, um roubo. O quadro. Um quadro. Um galo. Um galo. Um gato: não-não. Vou retroceder, erguer a minha infância morta e das cinzas recriar um mundo perdido de sensações e emoções, de busca. Reconstituir passo a passo, cheiro a cheiro, sabor a sabor, prazer a prazer, as sombras do ontem. Até aqui, e agora, me chega o perfume do que não é mais. Aspiro-o. Quero-o de volta, íntegro, e fixar nele um instante, parado no tempo, fixá-lo e retê-lo para sempre, gravar dele um instante fugaz. O que sobra da sobra? A vila, o rio plácido, o nauseante perfume dos jasmineiros em flor, a fedentina do galinheiro, as árvores farfalhantes no escuro quintal. Lembro-me bem, quero lembrar-me bem: um fato de minha infância, entre tantos. Perdido no tempo, esfumado, se destaca e avança até hoje. Reacontecendo. Agarrei-o. Ei-lo. Vai me permitir penetrar no âmago... Se me permitis divagar um pouco e fugir, aparentemente, do assunto, vos prometo, sim, vos prometo. Depois, se desejardes, poderemos voltar ao tema inicial, retornar, remontar, retroceder, avançar, discutir, brigar, fixar alguns problemas atinentes à pintura e sua formação e formulação, não, sim, sua importância na, no, isto é, da humanidade ao longo dos tempos... Bem. Bom. Meu pai tinha uma granja. Em Biguaçu. Criávamos galinhas. De raça. Não para corte, jamais. Postura, ovos. Ah, como eu passava horas entretido vendo o ovo ir lentamente surgindo. Aquele mistério me fascinava. Me lembro bem, o calor me chega até hoje, o acre da quentura. Eu tomava o ovo entre as mãos, apertava-o de encontro ao peito, ao rosto, aquele calor bom me penetrava, uma paz, uma calma, um bem-estar... Meu pai dominava. Bonito, forte, viril e puro. Meu pai se foi desta pra melhor, assim, num já, deixando-me pequeno. Uma sensação inexplicável, mistura de pesar e alívio, me dominou. Procurei substitui-lo, ser ele. Mas me parecia que a criação o conhecia, culpava-me pela ausência. Absurdo, bem sei. Absurdo: sentiam falta dele. Absurdo. A criação amava-o, todos amavam-no. Lembro-me bem, lembro-me vagamente, deixem que eu faça retornar a cena, um esforço conjunto, conjugado e enorme se torna necessário, minha cabeça arde, lateja, porque há arte em mim, lembro-me bem, não-não, não quero, me deixem, não vou olhar, lembro-me vagamente que foram velá-lo-vigiá-lo, rodeavam o caixão enorme, as velas pingavam luz, as aves piavam. Ab-sur-do! Piavam, se lamentavam até. A partir dali as galinhas murcharam, sim, deram de murchar, encarquilhadas, penas caindo que nem flores fanadas, sentindo a falta do amo e senhor, entraram em greve, não adiantava tentar convencê-las, ofereci-lhes o melhor de mim mesmo. Em vão. Os ovos minguavam, sumiam. O milho apodrecia no terreiro. As rações balanceadas aumentavam, inchavam, mofavam, apodreciam. Uma tristeza mole e cinza vagava por tudo. As galinhas se recusavam a aceitar o galo... E todas as aves, em uníssono, agora ariscas, agora inquietas, agora largadas para um canto, molengas que nem o gato ronronante, pareciam repetir com mágoa a saudade, o nome de meu finado pai, noite e dia, dia e noite, sempre, me azucrinando os ouvidos, numa cantilena que alucinava. Começaram a morrer, algumas apareciam enforcadas. Assassínio, suicídio. O gato suspicaz me olhava matreiro. O galo do terreiro foi engordando, estufou, parecia um balão, indiferente às mais apetitosas galinhas, inflava sempre, de uma vaidade insuportável, muito branco e senhor de si, crista tarjada de sangue, ar assassino, esporão enorme e ameaçador, recurvo e afilado bico, maltratando as infelizes fêmeas galináceas, vingando-se de um passado não remoto mas acabrunhador. A mortandade continuava. Um piado enervante, um miado sardônico, atravessava-me os ouvidos, constante, entranhava-se em mim. E a morte prosseguia sua tarefa. Antes que se fossem todas as aves, sem outra solução à vista, fui matando, com minhas próprias mãos, uma a uma, sadicamente, com sofrimento e gozo, as que sobravam. Sentia em mim o felino, instando-me. Isso durou dias, mãos tintas de sangue irmão, sangue invadindo o terreno, sangue invadindo a casa, sangue invadindo as pessoas, sangue invadindo a cidade, sangue extravasando para além, cobrindo o rio e o mar, cobrindo o mundo, aquele cheiro enjoativo-adocicado aniquilando tudo o mais. Que pesar, que dor de coração! Era meu pai que morria novamente, era, agora sumindo de vez. Definitivamente. Qual a minha reação? Não sei, sinceramente! De alívio, de culpa. E as infames piavam, não paravam, conformadas com a sorte, vinham quietas para minhas mãos. Notava-lhes, por vezes, sim, um certo ar de júbilo também. Iam ao encontro dele, iam. Ainda tenho, dentro da cabeça, desde então não me abandona, aquele piar alucinante, aquele olhar jubiloso. O galo também, também ele, continuava crescendo, vivia arredio, temeroso, me observando à distância respeitável, afastado das galinhas, agastado e enjoado. Enquanto isto o ronronante tudo observava. Ah, irmãos meus, com que dor eu via tudo aquilo, com quê! Me indicam a solução? Não adianta agora: recuar, volver, recapturar, retroceder, mudar o já feito e consumado, quem pudera! Ah, minha cabeça, arte, arde, uma pontada, sempre, sempre, que parte da nuca e se projeta para diante, aqui... aqui, bem sobre o olho direito. Outro dia fui a um médico amigo. A cabeça latejava, tonturas. Excesso de trabalho. Médico da família, grave, velho, antigo, arcado, casmurrão. Figura de livro. Médico literário, de pintura de antanho. Me auscultou, me mandou deitar, despir, respirar, levantar, parar de respirar, dizer 33, sentar, deitar, respirar fundo, outra vez, parar de respirar, levantar, me deu batidinhas no joelho com um martelo, depois na perna, me perguntou coisas, me fez mostrar a língua, a garganta, me examinou o fundo do olho, me pediu exames de tudo, tudo, urina-sangue-fezes-radiografias-eletro-isso-eletro-aquilo-encéfalo-isso-encéfaloaquilo-o-diabo, me interrogou, mandou fazer uma série de encéfalos, me mandou deitar de novo, fique descontraído, calmo, calmo, relaxe os músculos. Me mandou falar naquela quase penumbra. Falei. Ele, com um lápis, ia fazendo rabiscos. Distraído? Enchia folhas e mais folhas. Puxava por mim. Eu numa sonolência, num torpor, vogava, vagava. Depois, quis ver minha pintura, meu desenho, que conhecia bem, pediu desenhe algo, examinou tudo com olhos clínicos, desde o começo até o fim, até a fase atual, as experiências mais ousadas que me colocam à frente do movimento plástico de hoje, como um líder de minha geração e... Bem. Em seguida fez perguntas. Atenciosamente detinha-se em certas minúcias, analisava detalhes, estudava tonalidades e contrastes, demorava-se diante dos galos e das sugestões de. Balouçava a cabeça, quieto, inquieto. Pensativo. Fez mais perguntas. A família, a vida, a arte, o passado, minhas concepções. Conversamos: ah, me conte alguma coisa a respeito de sua atividade artística e de suas concepções. Sim, tenho feito experiências curiosas, penso que a arte é uma projeção de nós mesmos. Muito bem, mui-to-bem, adiante. Veja, como se para ela transportássemos o melhor de nós mesmos, o mais autêntico e puro, ficando depois despojados e mais pobres interiormente, além de cansados e gastos, esgotados física e intelectualmente. Sim, e tem gostado. Até que bastante, se bem que o termo "gostar" não me satisfaça. Repousante também, é? É, repousante. Ultimamente vem trabalhando em quê? Ultimamente venho trabalhando no que tenho trabalhado sempre, no que sempre trabalhei. Ah, sim, como é então? É! É? Sim, é. Como é? Como como? E como? Faço experiências com galos. Galos? E, galos, aves penosas. Como: experiências com galos? Como como, se explique, o que quer? Sim: como com galos, explique melhor. Com galos: veja, vou recriando-os, reinventando-os. Aaaah! Sim, eis que os galos-galos físicos não me bastam, me cansam. Adiante, prossiga. Então, deixo que minha imaginação galope e os faça à sua maneira e dessemelhança. E daí? Veja: nos últimos tempos acreditei que devemos partir do concreto para o abstrato, não é? Huuum! O figurativo seria a mola propulsora, a raiz só, entendeu? Não. O objeto, a figura, como força matriz; ou motriz. Hum-hum. Me explico melhor: peguemos um galo, sim. Sim, peguemos. Vamos pintá-lo, claro? Claro. Pois bem, quem sabe o que sairá dali, quem sabe! Como quem sabe? Certo, quem sabe: reinventemos reinterpretemos ao nosso modo esse bicho tomando o máximo de liberdade até diluí-lo; mas por isso, devido a esta elaboração interior que se exterioriza, deixou ele, na sua raiz primeira, na sua matriz, de ser um galo? Huum. Que acha, pense, responda. Não, na verdade colocado o problema assim, de tal forma, não deixou, mas só para o autor. E não basta? E daí, e depois, vamos, prossiga, continue. Na sua raiz, sim-sim, lá no mais fundo de sua natureza, é, permanece, e isto é o que importa, cabe aos outros desvendar o mistério... De repente o médico me interrompeu, sorriu, bondosoirmãomaisvelhopaternal, me disse: ultimamente a pintura vem sendo muito usada como terapêutica, para estudos e análise de casos, bem, hum-hum, em clínicas especializadas, hum, de repouso, e também como uma espécie de descarga emotiva é preconizada, mas precisa ter um acompanhamento, com resultados surpreendentes e altamente positivos, isto é, quero dizer, hum, me entenda, penso que seria bom, tratamento pela pintura, até mesmo exposições artísticas especiais e de sucesso nas quais se estuda além do valor específico da pintura como forma de arte a, o, isto é, hum-hum, há médicos por aí que só fazem isso, se especializaram, eu não estou tão atualizado, não é meu campo, mas conheço, poderia lhe indicar, me dizem que os resultados não invalidam a qualidade... Olhou-me nos olhos, bem fundo, longo tempo, em silêncio, depois: compreendeu? Levantei-me, me vesti, saí, sem me despedir, deixei-o. Bolas, que queria ele insinuar? Compreendeu é a mamãezinha. A pintura em si, por si, de per si. A pintura. Compreendeu. A pintura como remédio. Uma dose de tantas em tantas horas. Sob orientação de. O desenho idem. Como complemento terap... Para os casos mais ou menos agudos. Consultar a bula. Receita médica. Junte os dois, por vezes misture. Triture. Desenho e cor. Ir deixando a mão correr. Gravar a mensagem do cérebro. Automaticamente. Ato gratuito. Pintar. Desenhar. Alívio. Descarga. Cabeça leve. Livre dos recalques e traumas. Livre do passado. Bolas! Estudei técnicas, estudei escolas. Estudei pintores. Estudei desenhistas. Li. Desenhei. Reli. Vi. Reestudei. Revi. Até a exaustão. Teoria. Prática. Isto é bom. Isto é mau. Bem. Pensemos. Uma letra subverte. Motivo de tudo. Uma letra. Uma só. Um gato roubado, este animal nojento, fedorento, erótico, que se enrosca nas gentes, nas camas, nos sofás, nele mesmo, ronronando lascivamente. Sempre. Nada faz de natural e puro. Nada. A ninguém enfrenta, sub-reptício que é, fingidor que é, de frente. Os resultados, sabe. Resuma sexo e podridão. Quanta diferença para um galo, quanta! No entanto, ironia das ironias, uma simples letra os diferencia. Numa simples letra, um mundo de distância e antagonismo. Por isso urge que se adote, que se adapte, uma nova terminologia. Urge. Ruge. Urge uma diferenciação gráfica. Fonética se possível. E fundamental que ninguém se confunda, os confunda, se possa confundir. Fundamental. Atenção. ATENÇÃO. Muita. Ninguém pode se enganar. Vai dizer galo e, por um lapso de memória ou de língua, lá sai gato. Gat... Não-não! Não. Não? Pensemos. Todos juntos. Não modifiquemos o nome do galo, este animal lírico, viril e puro. Mudemos, sim, mudemos, como perdão da má palavra, o do gato, este bichano nojento e prevaricador. Passe a se chamar, a partir de agora, o quê? Um esforço conjunto. Toga. Não. Sim. Toag. Sim. Não. Ou agot, gaot, tago, toga, atog, otag, ogat, gota. Escolham, a gosto, senhores, escolham. Quem roubaria um gaot? Quem? Quem não roubaria um galo? Um GALO! Não um atog. Eis o caso como se apresenta, senhores do conselho do júri: aqui estamos nós, a humanidade, aqui estamos, num julgamento final. Do que decidirdes depende, dependemos. Nós. DEPENDEMOS. Sim ou não? Não ou sim? O roubo. A exposição. Promovida. Divulgada. Preparada. O roubo. Minha cabeça, cabaça. Plasticamente o que estará mais realizado? Vejam, tenho anos de desenho na cabeça, tenho toneladas de tinta no corpo intoxicado, tenho livros e mais livros neste crânio que aqui vedes. Vamos a uma sabatina, quem se dispõe a analisar comigo as reações e relações do sim e do não e suas interligações; quem sabe das implicações que tal e qual coisa comporta e pode sugerir? Não-não-não! Uma prova prática? Vamos! Olhem a rapidez com que vou tratando e traçando este meu galo interior. E meu, sou eu, que cada qual o faça à sua inteira dessemelhança. Deixem-se de farsas e rapapés. Objetivemos, adjetivemos – se necessário for. Criemos, inventemos, recriemos, reinventemos. Uma correalidade vivencial. Um mundo novo. Expurgado de atogs. Não doutor meu. Novas concepções. Um galo. A refeição da noite. A ração. A pontada. Encéfalos. Um galo. Como símbolo. Nunca um atog. Meu pai. A infância. Não me venha com bobagem, mulher. O amor perdido. Não mate o galo. Engordou demais, não serve pra procriar. Eunuco. O galo extravasou do terreiro, da rua, do mundo. Paira, se projeta além do universo. Terapêutica. Pois sim. Nada o curará. Vejam, meditem. A exposição. Premiações. Valor? Uma farsa! Promoção preparada. Roubo preparado. O roubo autêntico significa glória. GLÓRIA. O roubo autêntico. Um galo roubado. Meu. Afirmação. Um lirial roubado. Não, e nunca, um atog. Um virial roubado. Minha cabeça, cabaça, arde, arte, gira, lira, rola, roda. Tortura. Tontura. Tintura. Tinta. Cores correm. Intoxicação. Roubo. MEU. Sou. EU. SOU. Afirmação. Cada qual que se afirme por um roubo roubado. ROUBADO. Fui roubado. Me roubaram. Um galo intemporal. Não roubando, mas roubado. Diferença sutil, profunda. Praticar o roubo é primário; ser roubado, eis tudo. A afirmação da personalidade, da valoração do ato, está no ser, não no fazer. Não no praticar. Passivo. Ser roubado. Fui roubado. Sou roubado. Me roubaram. EU. Roubaram-me um galo. UM GALO. Meu. Todo: um viril; um lirial. Você. Me roubar. Me roubou. Não e nunca um atog. Não. Glória. Tudo. Doutor. Um galo. Papai. Piam. Sugestão de galo. Apenas. Não importa. Intemporalmente *é* um galo.

RINHA

Bem cedo, manhãzinha ainda, os primeiros aficcionados começavam a se dirigir ao galpão. O encarregado, que chegara antes, estava terminando os preparativos, limpando, varrendo, examinando o local onde os galos se despedaçariam. Com os recém-vindos, comentários cruzavam o ar límpido e vibrátil. Algum cocoricar isolado intercalava-se à palestra, enquanto novos grupos se aproximavam.

Pouco depois, galos debaixo do braço, apressados, os criadores iam chegando. Logo começava um insistente bruaá. Risos, gritos, insultos, injúrias, cochichos, gargalhadas, correrias, de tudo havia por ali. Começava-se a circular, observando os galos, se possível sopesando-os, olhando com intermitência para os proprietários, tentando adivinhar o que se tramava.

E aí as apostas principiavam, logo avolumavam-se:
– Vou dez no pintado.
– Topo.
– Quem quer arriscar cem no galo do Maneco da Jordelina. Vou no pintado.
– Eu não!
– Ninguém por aí?
– Vamos fazer uma vaquinha?
– Vamos. Vamos.

Quatro rapazes se reúnem, juntam as economias e "casam" os cem.

Neste momento, chega o dono do galo que havia sido desafiado.
– Quem vai no pintado, quem vai?
Silêncio.
– Quem vai? Me disseram que...
– Aquele ali.
– Como é, topo os cem pilas.
– Agora não, chegou tarde, já joguei.
– Outros cem, vamos ver essa prosápia.
– Não, chega. Mas posso arranjar quem queira.
– Então arranje. E pra já...
Noutro grupo discutia-se:
– Não acredito que o pintado possa vencer.
– Não acredita, não acredita por quê? É um galo de boa raça, de tradição, inglês puro, filho de galo campeão. E seu Luca, um dos melhores tratadores e conhecedores da zona.
– Mas o galo do Maneca tem mais estampa e entra mais de rijo. Tem mais tarimba.
– Que mais tarimba!
Um terceiro metia-se na palestra:
– Aposto, se der tempo, nem tem que ver, vence o pintado.
– Se der tempo?
– Sim, porque o malhado é de cortar logo de cara. Nunca vi assim, pega desprevenido e liquida. Um raio de rápido. Agora, reconheço, se demora, não é parada pro outro, está perdido...
– Te alembras daquele domingo...
– Que domingo?
– Quando veio aquele um famoso galo de fora, com fama de bamba. O malhado nem se impressionou. Bicou logo no pescoço, enquanto montava e calcava as esporas e cadê a faina?
– Ah-ah-ah! Foi gozada a cara do homem. Nem deu tempo de dizer um amém e já tinha galo pro jantar. Saiu de

rabo entre as pernas e pra cima de nós nunca mais cantou vitória.
— Nem voltou.
— Voltar, isso voltou. Mas de crista caída.
O movimento já é intenso a essa hora. Apesar do local amplo e aberto, as pessoas se espremiam. O sol esquentara. Tudo parado árvores sem uma folha sequer se movendo. O suor escorria das faces afogueadas. Os galos, amarrados por cordéis, inquietos, elegantes e rijos, cocoricavam. Aos saltos, ora fazendo roda, ora forcejando por livrar-se, procuravam se atracar. Homens sisudos chegavam, pegavam nos galos, examinando-os. Apalpavam, para sentir a rigidez dos músculos, enquanto iam observando as asas, as pernas, o pescoço, o peito. Depois, recolocavam-nos no chão, e se punham a estalar os dedos para vê-los avançar. Mas logo os donos, avisados por amigos, acorriam e se punham a reclamar, a discutir..
— Onde já se viu, excitando os bichos!
— Ora... que...
— E cansando, cansando...
— Eu... ora...
— Que ora que nada! Às vezes por um fôlego se perde uma briga. Que mania!
As apostas estavam feitas, iam começar as lutas. Os donos dos galos, mais o juiz, mais uma infinidade de penetras, examinavam os esporões, o bico, o pescoço, tudo. Olhavam e reolhavam, procurando ver se havia alguma fraude, tinha os que venciam lutas ilegalmente, era preciso muito cuidado, a desonestidade é um fato, ninguém pode se descuidar. Em altos gritos, exaltados, quase se atracavam, cada qual mais ofendido por ser julgado capaz de um ato desleal. Mas não deixavam de olhar. Sim, acreditavam nas honestidades mútuas, mas nada como confiar desconfiando. Depois se acalmavam, trocando pequeninas delicadezas,

abriam caminho por entre os curiosos, achegavam-se à rinha, um de um lado, outro do outro, os galos seguros com as duas mãos, já agora alisando-os, acalmando-os, cochichando-lhes palavras dum ritual todo próprio. O juiz postava-se equidistante dos dois competidores, um pouco a cavaleiro dos demais assistentes. A rinha era um cercado de uns três metros de circunferência por um e tanto de altura. Rodeando-a, pequenas acomodações de madeira, como num palco ou teatro de arena. Entre a parte da assistência e a rinha, um claro. Mas ninguém respeitava a praxe de ficar sentado quietinho, observando, ninguém permanecia no seu lugar, todos queriam chegar o mais perto possível, se espremiam, no desejo já não de ver, mas de tocar. E ali ficavam, ansiosos, frenéticos, a olhar, não querendo perder um único detalhe. O juiz tomava um ar importante e solene. Observando um e outro dos que mantinham os galos, mandava, depois de se informar mais uma vez se tudo estava em ordem, soltar os bichos. Soltavam.

    Os galos, livres, se espantavam, se miravam, estudando-se. Ficavam se rodeando uns segundos, escavando o chão, à procura de grãos na areia; cantarolavam às vezes. De repente, se atracavam – por isso era preciso estar de olhos fixos, alerta, não se perder a cena – e ao primeiro impacto, se calhava acertarem-se, subia uma densa nuvem de poeira que encobria os lutadores. Penas voejavam em meio à poeira. Um baque surdo se ouvia. Logo os palpites começavam. E os gritos de entusiasmo. E as torcidas. Recrudesciam as apostas:

    – Vinte por dez no do Zeca.
    – Topo.
    Acompanhavam as mutações da sorte:
    – Trinta por dez no galo do Roberto.
    – Agora? Vê que sou trouxa; nesta não caio; tanso foste tu que não aceitaste quando eu... Chupa aqui na ponta do

dedo mindinho pra ver se sai leite. Quando eu ofereci! Perdeste a vez.

Os galos arfavam. Um sangrava de feio corte na crista, porém sem maiores consequências, enquanto o outro estava desasado. Mas a luta persistia, feroz, implacável. Mais renhida. Todos presos aos galos, mal respirando. Alguém riu, num riso histérico. Inúmeros "chut" se fizeram ouvir. O silêncio voltou. As pessoas eram somente olhos. Respiração opressa, num estranho e doentio sadismo, espremidos, grudados, mão unidas e úmidas, olhos brilhantes e fixos na rinha onde os galos se estraçalhavam, os homens nem ousavam se mover. Numa agonia. Agora não se pensava mais em aposta, em ganhar ou perder. Tudo recuara para longe, muito longe. Só a luta empolgava, fascinava. A emoção da luta de vida e morte desenrolando-se diante deles prendia-os integralmente. Com alternativas para ambos os bandos, a luta se prolongava. Poderia terminar já ou demorar uma infinidade. No pé em que as coisas estavam ninguém sabia, ninguém se aventuraria a adiantar uma opinião.

E num ápice tudo estava terminado. Um pulo elegante, rápido, inesperado; um estrebuchar quase humano; uma espora penetrando fundo no pescoço, e lá ficando cravada, fundo, bem no lugar exato. Tudo estava terminado. Fora fulminante. Desasado, ainda assim o galo tivera classe para liquidar o adversário. Com precisão e calma de verdadeiro campeão.

Um galo jazia estirado na areia, imóvel. Nem estrebuchara. Arfando, o outro procurava livrar-se. A custo o conseguiu, e não satisfeito, continuava a rodear o vencido, dando-lhe bicadas, incitando-o, esporeando-o.

O dono do vencedor procurou retirá-lo, mas o bicho meteu-lhe o bico no dedo, ao mesmo tempo que saltava. Logo o sangue espirrou. E uma gargalhada, aliviante, cortou a cena, quebrando a tensão nervosa.

O barulho voltou e os comentários se entrecruzavam, opiniões divididas.

Afinal os bichos foram retirados, as apostas iam sendo pagas em meio a frases jocosas, enquanto o dono do vencedor cuidava do galo, limpando-o do sangue coagulado, fazendo massagens, retirando as afiladas esporas, lavando o bico onde sangue e penas se haviam grudado. Já a rinha era preparada para o novo embate. E as brigas continuavam com alternativas de alegria e tristeza.

Murmúrios:

– Não é o que se pensa, não senhor, uma criação de galo de briga dá um quefazer danado, um trabalhão, sim senhor. Se dá!

– E a despesa?

– Coisa pra rico.

– Eu comecei uma e me aborreci. Nunca vi coisa igual. Não tenho paciência.

– Eu não tenho é dinheiro.

– E depois depende da sorte.

– Se depende!

– Meu primo tinha um galo que não valia nada, nem brigava, uma peste. Quis fazer uma ursada com um amigo e vendeu a droga por papa-fina. Pois não é que o diabo do bicho venceu briga que nem foi sopa! Morreu de velho e só conheceu vitórias. Deixou uma geração enorme, e toda de grandes aves.

– Taí, tá vendo só.

– Uma briga boa é o que há de melhor.

– Isto é bárbaro. Uma coisa selvagem, mórbida.

– Bárbaro, selvagem, mórbida! Não enche, fulano! Estás sempre a dizer isto mas não perdes uma briga.

– Deixa de besteira.

– De pedantismo.

Pessoas as mais heterogêneas ali se comprimem. Igualadas. Velhos, moços, crianças, ricos e pobres. A paixão da luta os irmana.

Chegara a vez da luta principal: o malhado e o pintado. Uma briga que há muito vinha despertando a atenção dos aficionados. De longe pessoas se tinham mandado para assistir "à grande pugna". Dois dos mais belos bichos, crias dos mais acatados rinhadeiros, iriam se defrontar. Ambos contavam com vitórias espetaculares, eram invictos.

Os galos são aprontados, amarrados os esporões, bem examinados. Depois o cerimonial de sempre – espécie de ritual – se repete. Com o mesmo interesse é observado. Olhos ávidos acompanham o aprontar dos galos, os gestos do juiz, o largar na rinha.

Sem qualquer espécie de rodeio o pintado e o malhado se grudam. Caem. Erguem-se. Ficam a medir forças. O malhado é mais ágil, mais arrojado, se atira num ímpeto, querendo liquidar logo com a luta, enquanto o pintado é mais lento, mais calmo e ponderado, procura atingir vagarosamente, mas com precisão matemática, o adversário. Ainda não se feriram, continuam experimentando, procurando ver se descobrem uma brecha. Manhosos ambos, escolados por outras lutas, eis que se juntam, se entrelaçam. Não se pode, por enquanto, prever nada. Não há alternativa nesta luta igual. Qualquer opinião expendida seria prematura. Acabaram-se as apostas. Todos temem; todos sofrem. A torcida é feita em silêncio, ninguém ousa falar com medo de perder um lance. Ou então prejudicar seu galo, distrai-lo, pois isso também acontece. Os segundos, os minutos, se alongam, se distendem, indefinidamente. In-de-fi-ni-da-men-te. Quanto tempo terá decorrido? Ninguém sabe.

Tclac.

Um som seco.

E, num salto brusco, o malhado atinge a cabeça do pintado. Um "oh" coletivo – de alegria e tristeza, mas igual, inindentificável – sai de todas as gargantas. O pintado cambaleia, retrocede, ferido em cheio, talvez cego, sangue a escorrer. Impiedoso, o outro avança, no desejo de liquidar logo a vítima, não a larga. E tenta novo bote, para acabar com a luta. Mas se afoba, não consegue acertar. Confiante em demasia. Aí está a sua perdição. O pintado, num esforço titânico, numa derradeira tentativa, se atira também para diante e consegue agarrar o outro pelo pescoço. O bico recurvo e afiado atinge a garganta, penetra fundo e não larga. Ficam ali se debatendo, enquanto os espectadores se enervam, a tensão atinge o máximo. Tudo foi rápido, rapidíssimo, instantâneo. Veio inesperadamente.

 Os homens pendem da vida dos dois galos. E estes continuam arfando, grudados.

 – Não sei como vai terminar! – uma voz quase soluça.

 – O malhado perde – vem de um canto –, está mais ferido, não resiste ao estirão.

 – Mas antes liquida o pintado – responde outra voz –, estou jogando.

 – Então jogamos. Quanto?

 – Quanto quiser.

 – Mil.

 – Mil. Fecha.

 Entusiasmo. Curiosidade. Os galos não se soltam. Rolam, se erguem, dançam uma dança macabra, de morte, sempre unidos, inseparáveis.

 O dia avança. Esquentou muito. Das faces o suor escorre. Calor e apreensão. Ninguém se desgruda do cercado. Uns espremidos, colados, outros enfiando a cabeça procuram ver, ainda outros trepados em caixas ou nas tábuas.

 Na rinha o sangue escorre, salpica o chão, tinge a areia. Penas voejam e depois vêm tombar na areia, se banhando no sangue ainda quente. Ambos quase moribundos. Mas a luta prossegue, não está decidida. Num safanão mais forte o malhado se livra. Cada qual pende para um lado. Pareceria que ambos se protegiam, amparavam. Agora, os dois, sós, indefesos, derreados, nada podem fazer. Querem se recuperar. Em vão.

– Tá perdido, qué entregá? – berra o dono do malhado.
– Entregá eu! Tu tá besta? Só se tu. Não te enxerga? Aposto mais...
– Quanto quisé...
– Não, senhores, não... – intervém o juiz, sereno, superior e mais dogmático –, agora nada de apostas. Vamos ver, que dizem, não querem apartar, abrir, enquanto é tempo? Podem, talvez, ainda, embora me pareça muito difícil, salvar os galos. Se não, não sei como vai acabar.
– Que apartar nem meio apartar! – exclamam os dois ao mesmo tempo – já ganhei.
– Oh... isso – partem aplausos dos assistentes.
– Bem. – E o juiz se dá por satisfeito, cumprida a sua missão.

Os dois galos permanecem estirados. Arfando. Vão se refazendo, se erguem, cambaleantes, parecem embriagados, se firmam às paredes da rinha, escavam o chão, ficam se estudando. Nenhum dos dois tem vontade de prosseguir. Onde terão ido buscar forças para se manterem de pé ninguém sabe. Olham-se a medo, fogem de um reencontro. Mas, incitados, vão de novo à luta. Aos poucos procuram retomar o antigo ímpeto.

– Tem galo pra muita briga ainda – exclama alguém.
– O malhado é mais manhoso, esconde o jogo debaixo da asa.
– Mas o pintado é mais galo.
– Mais galo, mais galo! Queria ver ele com o ferimento do malhado se já não tinha entregue os pontos.
– Sai pra lá!
– Tu é porque não conheces galo que diz isto. O pintado não tem ferimento?

— Não conheço... Ter tem... Vai ver qués me ensinar o que é galo de briga? Mas tem ferimento e ferimento... a diferença...
— Então topa aqui uma parada...
— Pra que... pra que... não precisa.
— Vê só... falas, falas... mas na hora da onça beber água... só tens papo.
— Estão no fim. Questão de segundos.
— Não pense que podes prever o vencedor; lutam em igualdade.
— Quem sabe! Depende de um nada.
— Sim. A vitória depende meramente de chance. Também não é segundo assim. Quanto tempo ninguém sabe. Pode durar essa angústia.
— Pode. Ou terminar já.
— Não creio.
— Sim, sim. Um descuido, uma esporada bem dada, um acaso, pronto.
— Uma bicada certeira. Vamos abrir a aposta?
— Vamos. Vamos embora?
— Embora! Eu não.
— Afinal foi uma decepção Os galos se portaram à altura, vá lá, reconheço. Mas cadê briga, que é o bom?
— Isso, cadê luta?
— Tá mesmo tudo acabado! Vamos?
— Melhor nos retirarmos.
Na rinha o sangue escorre, salpica o chão, tinge a areia.
— Deixemo-los.
— Ambos vencedores e vencidos.
— Sim, ambos.
— Qualquer que seja o resultado final da luta.
Murmúrios, cochichos, zum-zum indistinto perpassa pela rinha. Um sol a pino vem mordiscar as pessoas. Suor. Inquietação.

Indiferentes à discussão que em torno deles se trava, na rinha, sujos de sangue e areia, os galos, derreados, amparando-se mutuamente, prosseguem.

Tudo sumira. Tudo agora se resumia na luta. Nada mais contava no mundo.

E os galos prosseguem.

SEM RUMO

Observou o intruso parado à porta:
Caboclo alto e magro, barba crescida e cabelos por cortar, olhos de gato, pardos e pequenos, faces encovadas de doente ou faminto no rosto miúdo vivo. "Dia patrão." A voz era descansada, calma e profunda, uma voz de nortista, contrastando com a cantante e rápida do homem do bar. A roupa compunha-se de calça de cáqui, presa à cintura por um barbante; e, à guisa de camisa, um paletó de brim já sem uma das mangas. Cor de ambos indefinível. Descalço. Uma sacola encardida pendurada num dos pulsos.
– Dia, patrão! Dia, patrão!
– Bom dia. Alguma coisa?
– O senhor pode me informar se esta casa aí é o Ministério do Trabalho?
– É, sim. A delegacia.
– E qual a hora que eles começam a trabalhar?
– Ao meio-dia é que abre.
– Meio-dia! A gente precisando e ter que ficar na espera. E é do trabalho; imagine se fosse da diversão. Nem abria nunca. Devem ser umas dez horas, né?
– Mais ou menos.
– Bem. Paciência. Vamos esperar, posso, não posso.
– É o jeito...
Entrou, sentou-se. As palavras seguintes saltaram uma a uma, pausadas, moles:

– A gente vem de tão longe...
– Donde é você?
– Sou das Alagoas, sim senhor. Nasci em Viçosa. Lugar pequeno mas porém bonito, patrão.
– Veio de lá há pouco tempo?
– Vim não, patrão. Faz muito tempo que saí, sim senhor. Eu era um gurizote desse tamainho. Seca, meus pais morreram, peguei um pau de arara e me toquei. Doze anos eu tinha, mas tão pequenino que nem parecia oito. Meti o pé no mundo. Sou viajeiro.
– Nunca mais voltou lá?
– Voltar voltei, patrão. Mas não me dei bem não senhor. Me acostumei a andar, sabe, a andar. Queria conhecer este Brasil, melhorar de sorte. Bobagem: tudo igual pros pobre. Continuo então: me parece que tenho bicho carpinteiro, sim senhor, patrão, bicho carpinteiro. Não crio raiz, nunca posso parar muito tempo em nenhuma parte, me toco logo pra diante, sem rumo certo.
– Por quê?
Pensou, coçou a barba:
– Nem sei; melhorar mesmo não melhoro. Viajar... conhecer... talvez.
– Já conhece o Brasil todo?
– Todo não – e riu. – Alguma coisa, alguma coisa. Que não é fácil conhecer ele todo: um mundão! Nunca mais que acaba.
– Como veio parar aqui?
– Pois é, eu lhe conto, né, sim senhor, patrão, eu conto. Mas me deixe descansar que estou com fome, faz muito tempo que não vejo o de comer.
– Quer fazer um lanche?
– Ah, se quero... mas porém... – e fez um gesto expressivo com os dedos, significando que não tinha dinheiro.
– Não se preocupe com isto. Depois você me dá uma ajuda na mudança de uns caixotes.

Enquanto mastigava o pão e engolia o café, explicou:
— É assim: vou andando por este mundão sem fim, quando falta o de comer, paro, trabalho um pouco, não me acerto, largo e continuo a andar; a última vez que estive parado, trabalhando, foi lá bem pro norte de Santa Catarina, sim senhor, quase no Paraná, o nome do lugar até que não sei não, não me lembro, trabalhei numa estrada de ferro que estão fazendo, só uns dias, mas o trabalho era duro, muito duro que nem queira saber, e quando eu digo duro é porque sei, e eles exploravam a gente: pagavam uma porcaria de miséria e o povo todo tinha que comprar no armazém deles, pagar pousada pra eles, tudo pelo dobro do preço. Vim embora, sim senhor, quem trabalha pra macho é relógio. E isso quando não para.
— E como veio parar aqui, se mal pergunto, como foi que veio de lá até aqui?
— Vim no calcanho, patrão, sim senhor, no calcanho; sem um tostão no bolso, me disseram, os sacanas, que ainda fiquei devendo, veja só; por todo este estradão de Deus só um chofer me deu carona, coisa de uns quinze quilômetros, os outros dizia "não posso, não posso não"; que dias passei, patrão, que dias! Nem queira saber: apanhei frio e calor, chuvas e geadas, dormi nas estradas, debaixo de árvores, nos matos, nalgum rancho que encontrava vazio. E a comida? Nem me pergunte, patrão, pedia nas casas, não tenho vergonha de confessar; pedir, acho, é melhor que roubar. Ou não? Já nem sei mais. Pedia. Mas só um ou outro dava, quase todos me mandavam trabalhar, mas não me diziam onde nem me ofereciam trabalho, patrão, como se eu fosse algum malandro, se não andasse sempre à procura de trabalho. Cadê ele, porém! Isto me doía fundo. Logo eu que já trabalhei com gente boa, que já dei do duro. "Me arranjem trabalho pra ver...", dizia. "Não tem não...", respondiam. E então? Veja só: trabalhar como? Só se eu lhe contar o que já trabalhei, em quê, no mato e nas cidades, do norte ao sul, medo

do pesado não tenho não. Tocava pra diante. Quando a fome era muita da grande, da demais, eu comia banana e outras frutas verdes que apanhava no mato. Até raízes. Passava num roçado de milho, apanhava duas ou três socas. Engolia assim mesmo ou, mais adiante, numa casa, mandava assar. Depois, toca pelo caminho, comendo milho assado com poeira e tomando água fresca que encontrava nas bicas ou em riachos de beira de estrada.

— Viajou muitos dias?

Acabou de mastigar, refletiu, meneou a cabeça:

— Não sei não, não senhor. Perdi a conta.

— Que veio fazer aqui?

— Vim trabalhar, sim senhor. Me disseram que na base aérea estão precisando, uns aterros.

— Você já esteve lá?

— Já, patrão. Não me deixaram entrar, não senhor. O homem que contrata os serviços mandou dizer que tenho de tirar uns papel aqui no Ministério do Trabalho pra levar pra ele. Até achei estranho: em geral gente com papel em dia é que não querem.

— É. Aqui na agência do Ministério... Mas, você nunca tirou, já tirou, ou já tomou alguma providência, já tem algum documento da Delegacia de Polícia?

— Como?

— Tem algum papel da polícia?

— Não senhor, daqui não tenho não senhor.

— E de outro lugar?

— Também não. Nenhum. Perdi tudo. É uma história muito complicada pra mode lhe contar.

— Não, pra mim não precisa contar. Só que...

— É, é mesmo patrão. Nem tinha me lembrado. Sempre é bom andar de bem com esta gente. Mas minha papelada andava toda em dia. Até pedi, quando perdi tudo, uma declaração. Só o que resta. Quer ver, quer, patrão?

– Não, não precisa, mas acho que você não devia mais perder tempo.
– É, isto, bem lembrado. Bem, obrigado por tudo, patrão, muito obrigado. Vou lá. Depois eu volto. Não vou me esquecer do serviço pra lhe pagar a boia. Onde fica mesmo a casa?
– Fica ali, naquela rua, olhe... quebre à esquerda, depois...
O caboclo levantou-se, o dono do bar levou-o até a porta, mostrou.
– Obrigado, patrão, sim senhor. Vou lá, vou lá, sim senhor. Até logo mais.

À tardinha, voltou, sorridente:
– Boa tarde, patrão, como lhe corre a vida? Tá uma tarde bonita mesmo, né? Taqui os papel da polícia, veja. Só falta ali – e fez um curioso meneio com a cabeça, na direção do prédio.
– É – disse o dono do bar –, agora só falta aquele ali.
O caboclo pediu licença, sentou-se perto do balcão, no mesmo lugar de antes, sobre uns caixotes, puxou um pedaço de fumo de corda do bolso, tomou a faca e começou a cortar o fumo. Depois de picado, mexeu-o entre os dedos, bem, até fazê-lo ficar solto. Então, pegou um pedaço da ponta de um jornal.
– Dá licença, patrão – ia dizendo, ao mesmo tempo que rasgava.
– Tome uma palha de milho, é melhor.
– Não, não, patrão, não. Eu quero é papel desse de jornal mesmo. Posso tirar? Não gosto de palha de milho.
– Pode. Gosto não se discute. Mas me explique por que não gosta de palha de milho. Os bons fumantes de palheiro...
– Palha de milho, patrão, dá muita sede. A gente cospe muito. A sede dá fome. E a fome é o diabo. Fome é mesmo o único diabo do pobre, patrão. Outros não há, não. Só a fome. Eu sei. Sei.

183

Voltou a atenção para o cigarro: cortou o papel, formando a mortalha, pôs-lhe fumo, enrolou-o entre os dedos, com cuidado extremo, levou a beirada do papel aos lábios, colou uma das extremidades do papel ao corpo assim formado. Depois, cigarro na boca, pediu:
— Me dá um fogo, patrão.
Acendeu o cigarro, tirou longas baforadas e, enquanto seguia no ar as aspirais de fumaça, cuspinhou para um lado e agradeceu:
— Obrigadinho, patrão, muito obrigado. Bem, agora eu vou até no ministério ali. Vou ver se tiro os papel aqueles. Depois eu volto. Até mais logo, sim!

No outro dia. Tardinha chuvosa e triste. Bar vazio como sempre. Uma lâmpada iluminava parcamente o ambiente, esparzindo sua luz sobre as prateleiras com garrafas de bebida, latas de conserva, algum de comer, cigarros e teias de aranha.
— Tarde feia, hem, patrão.
— É. Como vai? E então?
— Hei, patrão, tou indo, né. O caso é que ainda não arranjei o dinheiro pros papéis aqueles do ministério. Tou vindo agora, outra vez, de lá. E nada.
— É muita coisa?
— Pra mim é. Preciso, também, de retrato. Mais dinheiro.
— E daí?
— Não sei não.
— Onde ficou ontem?
— Dormi num tal de "Albergue Noturno" que me indicaram, aquele prédio perto do riacho da avenida, sabe onde é, mas não gostei não. A gente toda ficou em pelo enquanto eles vão passar uns troços na nossa roupa, diz que é pra mode de desinfetar. Deixa é uma catinga danada. Depois o povo todo vamos tomar banho. Banho dá fome, imagine. Luxo. E a fome é o diabo; pros pobre é mesmo o único

diabo. Depois a gente vamos rezar; reza não mata a fome, não. Comida, que é bom mesmo, quase da nenhuma. Nenhuma. Não gostei não, patrão, não gostei nada. Nem volto. Se precisar, vou dormir no jardim.

– E agora, que vai fazer?

– Vou ver se arranjo o dinheirinho, aquele, fazendo uns servicinhos avulsos por aí. Me disseram que num tal de Estreito, pro outro lado da ponte, estão carregando navio argentino com madeira. Quem sabe. Se não... não sei. O que for há de vir, né? Me arranje um cafezinho bem quente; estou encharcado. E tremendo de frio.

O dono do bar serviu-o, depois deixou-o falando e foi atender dois pretos que acabavam de entrar. Ambos molhados, tiritantes.

– Que toró – diz um, baixo e magro.

– Uma caninha pra gente – pede o outro, alto e forte.

– E rápido, rapidinho.

O baixo e magro, de roupa escura e remendada, descalço, nervoso e ávido, pega logo do copo.

O caboclo está continuando com a conversa:

– ...se eu topasse um trabalhinho qualquer...

Mas o baixo e magro interrompe-lhe a frase e oferece:

– Uma cachacinha pra esquentar? Hum!

– Não, obrigado. Não bebo. Nunca bebi.

– Mas uma caninha num dia de chuva é bom – quem responde é o preto alto e forte.

Este veste um terno de brim escuro. A roupa está gasta, suja e amarrotada. Um pedaço de chapéu cobre-lhe a cabeça. Calça sapatos cambados.

Pega o copo da mão do companheiro e diz:

– Então não quer?

E sem esperar resposta, bebe, deixando um restinho no fundo. Estala os beiços, faz "birr", exclama "eta caninha boa", dá o copo ao baixo e magro, o qual vira o resto de um gole, depositando o copo no balcão ao mesmo tempo que faz um gesto pedindo que o caixeiro repita a dose.

O caboclo, enquanto o alto e forte paga a cana, dá um sorriso irônico que lhe repuxa a boca:

— A caninha é mesmo boa pra tudo: calor, frio, chuva e sol, dor de cabeça, de dente, de estômago, de ouvido, de cotovelo — remédio milagroso pra tudo. Mas a caninha é mesmo boa é pra quem gosta. Quem gosta é que faz dela remédio pra tudo. Meio pra mode poder ir bebendo.

— Eu não preciso de desculpa. Bebo porque gosto — afirma o alto e forte, encarando o outro.

— Ainda bem. Admiro gente sincera.

— Mas que é remédio, lá isto é também. O meu ermão...

— Não sei não.

— Vancê tem cara de viajado, de de fora. Tô lhe estranhando esse seu jeito — prossegue o mesmo preto.

— Estranhando pro mode de quê?

— Tu é nortista, né, né mesmo? — insiste, enquanto o baixo e magro se esforça por perceber o que dizem.

— Sou de Viçosa. Alagoas. Lugar bom. Pequeno mas porém bonito e bom. Por que quer saber, se mal pergunto.

— Porque nortista gosta de pinga, é mesmo bom no copo; lá diz que é mesmo terra de pinga boa. Conheci um baiano, hu-hu, que coisa...

— Que é, é, cana boa é de lá. Mesmo em Viçosa. Mas aqui está um que não gosta. Nunca bebi.

— E lá das Alagoas veio parar aqui, hem! Como?

— No calcanho. Andando. Por este mundão de Deus. Quem tem perna vai a Roma.

— Que é que ele diz, cumpadre — pergunta, curioso, o baixo e magro.

— Que é de Viçosa, Alagoas, e que nunca bebeu cana — retruca o alto e forte, virando-se para o companheiro. E ao caboclo:

— Ele é surdo...
— Ah, surdo... Eu tinha um companheiro lá pras ribanceiras do São Francisco, depois me acompanhou pra São Paulo, podia vir o mundo abaixo que ele não ouvia. Como aquele nunca vi... Morreu esmagado numa construção. O elevador carregado esmagou ele, sem que ele escutasse o barulhão da descida.
— Nunca bebeu cana... — murmura o surdo, um espanto profundo na voz baixa e cheia de admiração. Aquilo, para ele, é inconcebível. "Nunca bebeu cana... han... han..." — repete para si mesmo, querendo se convencer daquela verdade. Dirige-se, agora, num tom mais alto, ao caboclo:
— Vai ficar aqui ou vai se tocar pra diante?
— Pois é, né, sabe, sim senhor, estou procurando trabalho, o patrão aqui sabe, já contei tudo pra ele.
— Sim — confirma o do bar.
— Que é que ele disse? — pergunta o surdo.
— Está procurando trabalho — responde o alto e forte, em voz gritada.
— Trabalho... tá duro...
— Mas eu...
— Fale bem alto — interrompe o dono do bar —, ele é surdo que nem uma porta.
— Aqui é difícil de se arranjar trabalho — esclarece o alto e forte.
— É, é muito difícil — confirma o do bar. E depois de uma pausa — cada vez mais difícil.
— Mas porém eu trabalho em qualquer coisa. Nunca escolhi, sei fazer de tudo um pouco. Pau pra toda obra. Vou ver se arranjo os papéis pra mode de trabalhar nos serviços da base.
— Da base aérea? da base aérea, veja!
— É.
— Que nada — o surdo gesticula muito, excitado. — Que nada. Hum-Hum. O dinheiro lá custa a correr. Quando corre.

Eu tinha um primo lá, que trabalhou duro mais de quatro semanas e não recebeu um tusta.

– E o meu irmão – exclama o alto e forte, agitando os braços –, o meu ermão está trabalhando um tempão danado, dando duro, aquela besta, e nem enxergou a cor do dim.

– Não seja bobo. Não vá pra lá. Você precisa é dum troço que dê grana logo-logo. Hum-hum, deixe ver.

– Pois é, né, mas muita gente me disseram que eles paga bem.

– Que foi? Que foi, hum-hum.

– Ah-ah-ah – só vendo. Disseram pra ele que os homens da base paga bem – escarnece o alto e forte.

– Foi aqui mesmo perto de Florianópolis, quando eu vinha pra cá.

– Que paga nem meio paga. Besteira. Vai por nós. Eles podem contratar bem, pudera. Mas pagar, hum-hum – fala o surdo, convictamente, enquanto engole nova pinga.

– Vai esperando. Sentado – confirma o alto e forte, abanando a cabeça, ao mesmo tempo que pega o cálice da mão do companheiro.

– Quê que vou fazer então? Não sei onde arranjar outro. Vocês mesmos me dizem que tá duro arranjar serviço, me dizem que aquele não serve. E outro? Não conheço a cidade, nem sei onde procurar. Tenho andado nestes últimos dias de um lado pro outro, e necas. Medo de trabalhar não tenho não, já contei aqui pro patrão o duro que tenho dado, olhe estas mãos, trabalho desde deste tamaninho.

– Que foi que ele disse?

– Que medo de trabalhar não tem – grita o alto e forte.

– Levei todo o dia pra chegar na tal de droga da base.

– O que, hum-hum? Fale mais alto, ouviu.

– Levei o dia todo pra chegar na base aérea.

– Mas tem um caminhão que leva de graça – informa o surdo.

– Tem! Pois eu não sabia. Outra vez eu pego ele.
– Pega nada, pega nada – retruca o surdo. Hum-hum, pra quê? Aquilo não dá dinheiro, já disse.
– Mas porém eu tenho precisão, necessito de me virar, né?
– Que é que ele disse compadre Cid? Hum-hum...
– Diz que tem de trabalhar.
– Ter tem, é claro. Quem não tem? Hum-hum.
– Vocês não sabem de nada? – interfere o dono do bar.
– Cumpadre Cid – volta outra vez o surdo – e aquele carregamento de madeira pra Argentina?
– Necas. Tá no fim.
– O quê?
– Tá no fim.
– Pena. Tali um trabalhinho bom. Biscate legal.
– Não adianta mais não...
– Pois tinham me falado.
– Tava ali um trabalinho bom. Não tá mais.
– Cumpadre Cid – é o surdo, pensando, procurando – o Mané Português da venda não estava precisando dum empregado pra mode de cuidar das carroças e fazer as entrega das compra pros freguês?
– Precisar, precisava! É mesmo – exclama o cumpadre Cid.
– E ele paga mais ou menos. Dá casa e comida – explica o surdo.
– Bem me servia, era bom mesmo.
– E um bom homem – comenta o cumpadre Cid. – A mulher também é boa senhora.
– Hum-hum, muito boa gente. Prestativa – torna o surdo. E virando-se para o dono do bar:
– O senhor conhece, né?
– Não, não conheço.
– O quê, hum-hum?
– Não conheço.

– Não conhece? Será possível! Um negociante da importância do Mané Português e o senhor não conhece ele! Hum!
– É que estou há pouco tempo aqui – esclarece o dono do bar.
– O que é que ele diz, cumpadre Cid? – nota-se uma pontinha de desprezo no tom do surdo.
– Está há pouco tempo aqui e por isso é que não conhece o Mané Purtuguês.
– Vá lá, hum-hum, ah, sim, agora sim. Não era possível.
– Mas, porém –, fala o caboclo – onde é que nós ficamos, cadê a casa do homem quê pra mode de nós ir lá.
– Fica lá pras bandas da avenida Tico-Tico – diz o cumpadre Cid –, não tem como errar.
– Que foi que ele perguntou?
– Perguntou aonde é a casa do Mané Purtuguês – grita o dono do bar.
– Fica um pouco pra cá do Saco dos Limões... não tem como errar... hum-hum... você...
– Não, não, cumpadre, tu tá enganado... – corrige o alto e forte.
– O quê? Hum-hum.
– Tu tá enganado. Tu tá enganado.
– Enganado eu, nunca, nunca, hum-hum.
– Tá; sim. Tá.
– Me explica: enganado como, me explica, anda.
– O Mané Purtuguês está morando na Avenida Tico-Tico.
– Que Tico-Tico que nada. No Saco dos Limões é que é. Hum-hum.
– Sai pra lá.
– O quê?
– Não te alembras então... daquele nosso porre..
– Ele se mudou, homem, se mudou faz um tempão.
– Verdade. Mesmo? Tens certeza? Eu não sabia. Depois daquela nunca mais fui lá. Mas que farra gozada, hem, hem?

– Se mudou... vai por mim. No Saco é fácil de achar, tem uma placa na frente, indicando, fica bem na estrada, uma casa grande, bonita.
– Tá melhorando, o sacana do portuga.
– É, mas eu não sei não – murmura, desanimado, o caboclo.
– Vá perguntando. Fica até mesmo no caminho da base – esclarece o alto e forte, meio sem jeito.
– Pro lado das mulheres da vida. – acrescenta o surdo – Tem umas casas novas ali por perto, escondidas. Cada dona...
– As puta – informa, objetivo, o cumpadre Cid.
O caboclo sorri:
– Quanto tempo faz que eu não durmo com mulher! Estou com uma vontade, ocha! Mulher é bom, né? Hem, patrão! A última vez, sabem, foi num lugar que chamavam de Serra Alta. Nem sei mais se Santa Catarina ou Paraná. Uma galegona boa, carnuda, uma peitarama, parei lá, o homem dela estava fora, fiz o meu joguinho, deu deu, não deu não deu, paciência. A gente precisa de mulher, né?
– Precisar, precisa – diz o cumpadre Cid. E depois de uma pausa – mas o diabo é que elas querem dinheiro.
– À vezes com uma conversinha... bom papo, sabem como é.
– Faz como eu: casa – interrompe o surdo, atento à conversa, sem escutá-la, mas entendendo-a pelo sentido e pelas expressões fisionômicas.
– Casar com uma espiga como a dele é melhor não – diz em voz bem baixa o cumpadre Cid.
– Que foi que tu disse, cumpadre Cid? Hum-hum.
– Nada não. Nós tava falando dele ir no homem.
– Hum-hum. Bem. Hum.
– Mas voltando ao nosso causo, como ficamos? Se vocês querem ir comigo até lá, lá na casa, eu vou.

– Casa?
– O que ele diz, cumpadre Cid?
– Pra gente ir na casa.
– Casa, que casa? Das mulher?
– Não, na venda. Como é mesmo o nome dele?
– Mané Purtuguês.
– Hum-hum, nós não pode, não é cumpadre Cid – se desculpa o surdo, apelando para a confirmação do outro, que responde mais que rápido:
– Temos que trabalhar, fazer uns carreto já, só estamos esperando estiar um bocadinho mais. Olha, melhorou, tá uma chuvinha que vai logo parar. Sinão a gente ia, pode acreditar – explica, meio titubeante, como quem deixou alguma coisa por contar, mas que não a quer ou pode contar.
– É, pois é, né, então se vocês não vai comigo, aí eu não vou não, né?
– Mas você não está precisando do emprego? – pergunta o dono do bar.
– Precisar preciso. E muito. Mas porém se eles não for comigo lá eu não vou não. Sei, aí não vai adiantar nada, sabe, sei como são essas coisas, como é, tenho tarimba, chego lá assim de mãos abanando, sozinho, desconhecido, o homem me olha e vai logo dizendo que não tem precisão de pessoa alguma não, ou que já arranjou outra, eu cheguei tarde, uma pena. Fim.
– Por que acha isso?
– Porque sei. Experiência. Depois, debaixo da chuva, como é que eu vou encontrar a tal de casa. Será na tal de Tico-Tico ou no tal de Saco dos Limões? Hem! Que me diz disto?
Os dois pretos não respondem. Se olham. Quietos. É ainda o dono do bar quem fala:
– Mas não precisa ir agora. Deixa estiar. Depois, já não ficou explicado que o homem mudou, é no Saco que ele mora agora.

— É, mas não dá não. Só se eles for comigo. Não conheço o homem, mas conheço muito bem estas coisas todas. Sabe lá quem sou eu! Tempo perdido, acredite. Ele vai me ver, me olhar — e adeus. Só com alguém conhecido.
— Mas nós não pode ir.
— Compreendo.
— Que é cumpadre Cid?
— Nós pode ir com ele? — berra o cumpadre Cid.
— Não, a gente temos que trabalhar, se pudesse bem que ia, hun-hun — responde o surdo, ao mesmo tempo que pede — bota mais uma aí pra gente. Bem cheinha, que é a saideira.
Bebem, e o cumpadre Cid diz:
— Bem, agora nós vamos embora assim mesmo, que já é tempo, a chuvinha afinou mas não quer parar; se tu quiser, depois a gente se encontra, vamos pensar em outras coisas. Aqui mesmo ou noutro lugar.
— É, né, pra mode de ir lá no... no... como é mesmo o nome dele?
— Mané Purtuguês. Ou então vamos pensar noutra saída. Pode ser que se falando com outros conhecidos eles se lembrem. Tá!
— Pois é, bem, vocês vão comigo lá no Mané Português.
— Hum-hum, que é que ele diz, cumpadre Cid?
— Ele diz pra nós ir com ele.
— Nós não vai, nós não pode.
— Agora não, depois, depois a gente se encontra.
— Não faz mal não, eu compreendo — deixa cair o caboclo.
— Bem, então até logo — dizem o surdo e o cumpadre Cid, da porta.
— Até logo — respondem o caboclo e o dono do bar.

O chuvisco continua a cair com insistência. Mais fino, pegajoso, agora puxado por um vento sul. Porém ambos o enfrentam.

Sentado outra vez, o caboclo volta a fumar. O dono do bar folheia uma velha revista. Silêncio, modorra.

Aos poucos, vagarosamente, a chuva começa a amainar. Uma nesga de sol, a última da tarde, corta o céu escuro, furando nuvens compactas. As nuvens, pouco a pouco vão sendo empurradas pelo vento. Agora escurece. Na rua a água escorre, formando pequenos regatos entre a lama e a sujeira. Num deles, minúsculo barco de papel voga.

O caboclo ergue-se.

– Bem, vou andando, patrão, né, é tarde. É tarde e o tempo melhorou.

Apressadas, pacotes sob o braço, pessoas passam.

– Para onde vai você?

– Não sei não. Pra qualquer parte, sim senhor. Se não arranjar os tais papéis, me atiro pra diante. Também, com o que disseram, já desanimei. Como vim até aqui, assim vou membora, mais pro sul, dizem que lá no Rio Grande a coisa está bem melhorzinha.

– Por que você não foi ver aquele serviço no Mané Português?

– Sabe, eles não quiseram ir comigo. Tinham razões, sei. Sozinho não ia adiantar nada não. Eu sei, eu sei muito bem, patrão. O senhor também sabe, nem lhe preciso explicar. Ia olhar pra mim...

– É.

Parou um pouco, como quem pensa, se espreguiçou, espiou a rua, voltou-se, levantou-se, olhou para as prateleiras, encarou o dono do bar, sorriu, disse:

– O homem lá ia me olhar e dizer "já arranjei outro, tu chegou tarde", ou coisa parecida, me despedir delicadamente, isto no caso de ser bom sujeito, sei como são estas coisas, conheço bem, minha sina mesmo, já vi, é andar, sem rumo. Vou andar.

Fez nova pausa. Depois:

— Bem, patrão, muito agradecido por tudo. Vou andando, sim senhor. Até mais ver. Quem sabe na roda da vida a gente volta a se encontrar. Agradecido e felicidades.

E se foi. Por alguns instantes, na viela invadida pelas sombras, pelo restinho da chuva, pelo vento e pelo frio, o homem do bar ainda distinguiu o vulto indeciso e agachado caminhando lentamente por sobre as poças dágua que a chuva deixara.

Depois, mais nada.

AMANHÃ

Sentados no banco de marmorite, eles esperam. A noite desceu, envolveu-os, as horas escorrem lerdas. O banco é frio e úmido. Já conversaram, já discutiram, já refizeram planos. Agora estão calados, tensos.

– Chega, vambora – diz o ruivo.

– Vamos dar mais um tempinho – pede o baixo e entroncado.

– Que tempinho porra nenhuma – fala o alto e moreno, que se irrita com facilidade

– Terra de merda, gente de merda – constata o mulato magrela.

– Pra mim chega – é outra vez o alto e moreno, no mesmo tom, como se não tivesse sido interrompido.

Cruza e descruza as pernas, levanta, senta, abre os braços num gesto largo.

– Somos obrigados – começa o baixo e entroncado.

– Obrigado é pau de arrasto, interrompe o alto e moreno.

– Tudo que a gente programa dá em bosta – o ruivo medita.

– Será mesmo que a gente faz mesmo pra valer – interroga o baixo e entroncado.

– Tal, é isto mesmo – o mulato magrela se impacienta – não é a primeira vez nem vai ser a última. Quando não são eles, somos nós.

– Não diz besteira – adverte o ruivo.

– Que besteira, não enche o saco, é batata, vocês vão ver – confirma o mulato magrela.
– Discutir não adianta. Que fazemos – pergunta o baixo e encorpado –, o tempo se vai.
– Que tempo que se vai – o mulato magrela se lamenta –, nesta merda de cidade tem tempo nenhum que vai. Tudo parado, fodido.
– Acho que outra vez perdemos... – o ruivo para, pensa, olha. A pracinha pequena da cidade pequena, a igreja ao fundo, um casario desparramado, o riacho ridículo, o mictório recém-inaugurado, movimento escasso de vultos mal entrevistos na iluminação mortiça, algumas árvores farfalhantes.
– E se a gente fosse no bar tomar uma cana – o baixo e entroncado levanta enquanto indaga – pra matar tempo.
– De lá a gente não vê eles – retruca o ruivo.
– Vê, sim, como não – o baixo e entroncado se entusiasma, sempre sedento – e se não, eles procuram a gente. Afinal o interesse é deles também. Combinamos, não combinamos? Vocês não querem vou só.
– Vamos ficar juntos. É melhor.
– E ali no bar, pertinho.
– ... então pelo menos te cuida, olha lá – cuidadoso como sempre o ruivo.
– De quê? Deixa comigo.
Os outros não se mexem. Ele espera um pouco, se dirige ao bar. Entra, encosta-se no balcão sujo: do teto empoeirado uma única lâmpada pende, garrafas de bebidas nas prateleiras, num armário pedaços de bolo, queijo, linguiça, poeira e teia de aranha por tudo, a aragem que começou há pouco balança a lâmpada, o fio enroscado vai-e-vem, sombras erradias dançam, uma fedentina de mijo velho agride, vem ela de outra peça onde engradados estão empilhados, mais para um lado um grupo rodeia a mesa de bilhar, numa mesa jogam dominó.

– Quina.
– Duque.
– Passo.
– Esta não encaçapas.
– Ah-ah, vale quanto?
– Vais bater de novo.
– Deixa pra lá.
– Por quê?
– Trina.
– Eu topo, casa aqui.
– Batido.
– Nasceu de cu pra lua.
Ele olha, se vira para o rapaz do bar.
– Me dá uma baga.
A cachaça vem num copo nicado numa das bordas. Pega-o, rodeja-o até encontrar a outra borda, observa o pintalgado de uma mosca, limpa com um dedo, bebe uma golada comprida, respira fundo.
Até parece fogo, que que vocês misturaram nela? Nada não, da purinha, esta é pra homem mesmo.
– Então me bota outra dose, caprichada, mas não passa perto dela não, pede pra alguém macho me servir.
Dois mulatos que estão encostados riem, piscam, mastigam pedaços de linguiça, bebem cerveja, cuspinham. Se calam, esperam o troco, que não vem.
– Fui na casa do seu Fedoca – um diz.
– Adiantou?
– Trabalho nas estradas não tem, mas ele me prometeu um lugar na padaria.
– Menos pior, vais ter pão de graça.
– Fui lá, o filho dele mandou eu voltar pro mês.
– Conheço esta.
O rapazola do bar fica indeciso, quer responder, formula mentalmente o que dirá pra aquele sacaneta, desiste.

Pega na garrafa e vira o líquido azulado no copo, com raiva. A cachaça transborda, se espalha no balcão, escorre para o chão craquento.

Ele apanha o copo e vai olhar o jogo de dominó. As peças se combinam, coleiam, formam diferentes figuras, um dos jogadores dorme em cima de uma pedra, os outros reclamam:

– É pra hoje, parceiro.
– Temos tempo, seu.
– Até quando?

O homem levanta a mão até uma pedra, volta a baixá-la. Mentalmente conta, reconta, faz cálculos, procura reconstituir, reolha o que tem, quer adivinhar o que terá o parceiro. Observa o parceiro, à espera de um sinalzinho. Mas os outros estão atentos. O homem encara um e outro, hesita. Então se decide e joga. Há um gesto de enfado imperceptível do parceiro, como se dissesse pensou tanto pra nada.

Ele rodeia, olha as pedras nos quarenta dedos, se debruça numa cadeira.

Ao lado, o barulho irritante dos tacos nas bolas de bilhar continua. Ele deixa o dominó, se aproxima. Os jogadores se movem silenciosos, se abaixam, se erguem, medem meticulosamente as jogadas, estudam opções para uma tacada, passam giz na ponta do taco, esfregam as mãos na calça para tirar o suor, se curvam, calculam, medem. O taco vai e vem. Um som seco. As bolas rolam macias no pano verde da mesa, bordejam a caçapa, entra-não-entra.

Dando bicadas, copo pela metade na mão, ele dá uma bispada. Olha bem, abaixa-se, levanta, ar entendido. Oferece cachaça. Um meneio de cabeça, ninguém aceita. Nervoso, se excita, chega-se a um dos jogadores.

– Ali, cara, ali – indica.
– Não dá palpite, porras – uma voz grossa se irrita.
– É caçapa na certa – insiste.

— Merda, vê se não aporrinha, quer jogar por ele, quer — outra vez a voz grossa, um tom mais alto.

— Que aporrinha, tou só assuntando.

— Quer entrar no meu lugar, bem? Me deixa, sei o que faço.

— Eu, olha...

— Que olha nem meio olha! Toma meu lugar, toma, só não pirua, detesto piruada — a macia voz, sem tonalidade, sem modulação, é uma ameaça. Não há qualquer nuance, os gestos são suaves, mas existe um perigo latente bem mais próximo do que aquele contido nos gritos da voz grossa.

— Não tou piruando, dei só um palpite — ele não se dá por achado.

— Palpite é a mãe.

— Limpa a boca, não mete mãe no meio, não.

— Meto até no meio da mãe.

— Seu cachorro!

Avança para o outro, que empunha o taco como um porrete. Rápido ele dá um passo atrás, também apanha um taco, os tacos se cruzam. Não se agridem. Só se observam. Medindo forças. Os tacos ringem, sobem e descem. Os músculos se retesam, os rostos se contraem. Todos os demais se afastam, observam. Os dois dão um passo, começam a contornar a mesa. Param.

O rapaz do bar quer intervir, não sabe como. Franzino, trêmulo, deixou o balcão, grita:

— Larguem isto, aqui é uma casa de respeito, vou chamar a polícia.

O bar parou, pararam os parceiros de dominó, os dois mulatos largam a cerveja e interrompem o mastigar, um velhote que vem entrando para na porta.

Os dois nada veem, nada ouvem. O rapaz do bar levanta mais a voz, começa a gritar polícia, poliiiiiii...

Lá de fora vem uma pergunta, urgente, depois um chamado. Como ninguém responde os três se levantam, correm

até a porta do bar, afastam o velhote, avançam, rodeiam o bilhar.
– Vamos parar com isto – é o moreno e alto.
– Calma, minha gente, calminha – pede o mulato magrela.
– Chega pra lá, arrecua, arrecua – e o ruivo.
– Polícia, polícia – insiste o rapaz.
– Ninguém se meta, deixem com a gente – adverte o ruivo.
– Cala esta boca – intima o moreno e alto.

O baixo e entroncado afasta o taco do outro, ri um riso solto, recua mais um pouco, sempre atento, larga o taco num canto do bilhar, apanha o copo com o restinho da cachaça, bebe de um trago, faz um gesto moleque. Cauteloso se afasta, os três companheiros seguindo-o. O de voz macia permanece onde está, faz um gesto para o de voz grossa, que veio confabular. Pegam nos tacos. Mas não jogam. Esperam.

– Deixa pra lá, vamos continuar o jogo – diz o de voz grossa.
– Estou de saco cheio, não é a primeira vez.
– Sei, sei, mas esquece.
– Que esquece, é sempre isto, não tomam uma atitude e ficam por aí.
– Um dia a gente pega eles.

Os do dominó já mergulharam novamente na partida, contamos pontos. Os dois mulatos pedem mais cerveja, pensam se devem procurar trabalho fora, talvez em Florianópolis, tem uns aterros do governo.

– Que acha, cumpadre.
– Não sei não, acaba dando em nada.
– Não custa tentar.
– Deixar mulher, filhos. Vamos esperar.

O velhote acabou de entrar, sentou-se numa cadeira de palhinha, quer uma cachaça, as palavras lhe saem a custo, certamente veio de outro bar, continuará bebendo pelo resto da noite, até adernar num canto.

Os quatro saíram, a noite os envolve. Mais escura, o vento aumentou, uma única estrela cintila. Voltam ao banco de marmorite.

– O que foi cara, encrenca de novo, não te emendas – constata e repreende o ruivo.

– Demorou, dá nisto – diz o mulato magrela.

– Nada não, comigo engulo, mas buliu com minha mãe não levo desaforo pra casa.

– O inocentinho não provocou – é a vez do alto e moreno.

– Não te emendas – afirma o ruivo.

– Um dia te quebram a cara pra valer – não é uma declaração vazia do mulato magrela, é uma comprovação.

– Vão me encher o saco, vão? Não basta ter dado tudo errado...

Ficam calados até que o ruivo diz:

– Os filhos da puta não apareceram.

– Nem vão aparecer. Eu previa. Não é a primeira vez que nos sacaneiam, e nós... – pondera o alto e moreno.

– Mas nós também por nossa vez... – responde o mulato magrela.

Outra vez o silêncio. Meditam. Reconsideram. Mais uma noite perdida, inutilizada. Mas no fundo há uma espécie de alívio que não sabem como explicar.

– Que vamos fazer – alguém diz.

Pensam em que outras noites virão, iguais. Quando o outro grupo os espera, eles é que não aparecem. Um jogo de esconde-esconde.

Assim os dias vão escorrendo, lentos, insípidos. Querem-não-querem se mandar para longe, tentar o desconhecido, aspirar outros ares, horizontes mais largos.

Nas intermináveis conversas das noites sem fim traçam planos de grandes jogadas, o que farão lá fora, o lá fora abarcando um mundo novo, de aventuras, emoção, conquistas. Impossível continuar naquele não viver sem perspectivas.

Um dia darão o grande salto, sim, largam tudo, esquecem a família. Se mandam. O mundo os espera, é preciso audácia.
— Coragem, seus merdas!
A voz vem de dentro deles, não é de nenhum em particular e é de todos.
— Puta que os pariu — urra o ruivo.
Não é para ninguém determinado. É para a vida. É um desabafo diante da própria impotência. É para o visgo que os agarra e mantém ali. A cidade, frágil e insignificante, os rodeia com braços de aço.
Tramam e tramam. Só. Não realizam, não executam. Passam as noites na pracinha, nos bares, atracados às meninas no escuro dos muros ou às margens do rio. Saem, depois, eles e elas insatisfeitos, não têm coragem de ir até as últimas consequências. Durante o dia ficam modorrentos, circundamos becos, batem bola.
Agora levantam.
O som de um violão rompe o silêncio, se aproxima, um bêbado canta. A voz reboa na noite, se alonga. O pequeno grupo avança, passa por eles. As luzes pisca-piscam. Isto indica onze horas da noite — hora de a luz elétrica acabar em Biguaçu.
Atraídos, arrastados pelo som os quatro caminham. Se juntam aos notívagos, a garrafa de cachaça passa de boca em boca. Caminham mais, contornam o riacho, param no mictório, mijam irmanados, cantam irmanados. Continuam.
Mas amanhã vai ser diferente. Amanhã vamos largar tudo. Amanhã vamos nos mandar para sempre, para longe, bem longe. Amanhã.

PEGADAS NA AREIA DO TEMPO

Em memória do mano Jorge,
pescador pescado antes do tempo

Pedras, areia, árvores, água. Quebrando a harmoniosa assimetria da paisagem, um corpo. Balouçava suavemente, aproximando-se/afastando-se da praia. Uma onda mais forte acomodou-o entre as pedras e a areia, como num esquife. Logo, voluteando, bandos de gaivotas com seus grasnidos tristes, anunciando naufrágios, subiam e desciam no céu recém-lavado: assustadas de início, mais audaciosas depois, em voos rasantes beiravam o vulto inanimado. Também, reveladas pelo fluxo e refluxo da maré, minúsculas tatuíras eram atiradas sobre ele, infiltrando-se pela roupa encharcada.

Espojando-se na água mal amanhecida, deixando dourados reflexos que cirandavam em complicadas evoluções, o sol assomava, ora perdia-se no fundo do mar ora subia no horizonte. O marulhar tranquilo das ondas fundia-se com a leve aragem que varava as folhagens.

A praia deserta, o ar fino, o silêncio, o corpo acomodado.

Madrugava quando o guri saiu de casa, naquele recanto isolado de Cachoeira do Bom Jesus. Caminha sem destino, imaginação fervilhante, sentidos alertas para o que o cerca. Gosta da solidão, nesta hora em que céu e mar se conjugam. Apanha um caracol, examina-o, raiado e áspero, encosta-o ao ouvido, sente o ininterrupto marulho e a canção do vento aprisionado. O dia nasce, os objetos vão adquirindo consistência e volume. Chega às pedras, afunda os pés na areia, deixa que a água fria os acaricie, encaminha-se para diante, pedras e pedras, limo, marisco, senta-se, mira o céu longínquo, o sol surgente, levanta, anda, o que seria aquilo entre pedras e areia, aproxima-se. Vê-entrevê um corpo, uma sombra esquiva compondo-se à paisagem, integrando-a, dezenas--centenas de baratinhas do mar rodeando-o, investigando-o. Achega-se mais, debruça-se, agora as baratinhas recuam, intimidadas. Ele também se intimida. Ergue-se, vai se afastando de costas, mas não consegue desgrudar os olhos, se esforça, vira-se, recua, trêmulo, se põe a correr, um pavor repentino misturado a um fascínio que não sabe explicar, grita pai--papai, venham ver, acudam, olha o corpo, papai, sua sensibilidade ferida por aquele espetáculo, corre, perde-se numa curva, o eco de sua voz repercutindo, seguindo-o.

O corpo: meia-idade, cabelos grisalhos com uma larga entrada, moreno, baixo, entroncado. Fora colhido de surpresa: não-não: fora colhido lutando, ganindo, resistindo, tentando safar-se. Isso podia ser percebido pelas mãos crispadas, pelos olhos esbugalhados, pela contração da boca, pelo corpo retesado e tenso.

Há quanto tempo devia estar ali? Não muito.

Anoitecia quando os quatro pisaram na praia de São Miguel. A baleeira lá estava na água, apetrechada, o espinhel preparado, as iscas amontoadas numa lata. Mal se falaram, compreendiam-se bem através de gestos e resmungos, a amizade antiga envolvendo-os num manto único misturada a uma animosidade latente e inexplicável, que se acentuara com o passar dos anos. Cada qual se autoculpava e culpava o outro por aquela situação em que se encontravam, por não se terem decidido a largar tudo e se mandar para longe, pela vida mesquinha e podre. Mas não conseguiam romper os liames, se desprender, Biguaçu os via ali, dia e noite juntos, em intermináveis encontros e discussões, em arruaças, nos bailes, nos bares, nas peladas, nos banhos de rio, nas frequentes pescarias. Amanhã vamos embora dessa merda – repetiam para um amanhã que nunca chegava.

"Vamos logo" – um deles diz.

"É pra já" – outro retruca.

"Tudo arranjado?" – pergunta o seguinte.

"E por que não" – vem a resposta interrogativa.

As frases são curtas, rascantes. Poderiam ser, indiferentemente, de qualquer deles, repetidas de forma indefinida no mesmo tom.

Embarcaram, foram costeando a praia, afastaram-se, o vilarejo sumia no lusco-fusco, recortando-se contra o céu a igreja de São Miguel, ao lado o casarão assobradado, mais adiante num morrete a casa do preto velho Ti'Adão. Remavam num ritmo compassado e igual, semelhando um ser único dotado de vários braços, complementando a baleeira que, rápida, cortava as águas.

Agora, diante deles surgia, em toda a sua imponência, a Ilha de Anhatomirim com suas ruínas seculares, velho forte repleto de histórias e lendas, fantasias e fantasmagorias atocaiando mentes que se deixavam levar pela imaginação: a construção pelos escravos e soldados demandando anos, fantasmas de negros mortos a chibatadas urrando e vigiando a ilha, as dificuldades em transportar o material necessário às obras, parte dele vinda de Portugal, a invasão dos espanhóis, os portugueses apanhados de surpresa, a Ilha abandonada até bem mais tarde, e então os fuzilamentos comandados por Moreira César, sussurrava-se que a mando de Floriano Peixoto, a árvore dos enforcados que chorava periodicamente grossas lágrimas.

Os quatro eram dos poucos que se aventuravam a penetrar na Ilha tentando devassar-lhe os segredos, iam olhar os canhões comidos pela ferrugem, invadiam o enorme quartel de grossas paredes erguidas com pedra e argamassadas com óleo de baleia, atravessavam a cadeia onde a hera subia encobrindo tudo, chegavam à casa de comando em busca dos falados dobrões enterrados, mergulhavam esperando encontrar as arcas repletas de patacões, olhavam a paisagem que se descortinava para além, selvagem e bela.

Quase ao lado, outra ilha com outro forte em ruínas; pouco depois e era a praia do Jurerê, lá no alto da elevação mais um forte, também em ruínas, a tríplice linha de fogo nada tendo adiantado contra a estratégia dos invasores.

Prosseguiram. Atravessaram uma praia longa; depois sua continuação; e mais outra com seu renque de pedras.

Dirigiam-se para a Ilha do Arvoredo, lugar bom de pesca: lançariam o espinhel, ficariam aguardando os peixes bicarem, tomariam uma pinga discutindo sempre, relembrando miúdas aventuras de um dia a dia morno e cinza, recriminando-se mutuamente por não terem tido audácia para escapar, fugir à rotina que os prendia à terrinha.

Merda! Merda-de-vida, merda-de-medo, merda-de-merda.

Espelhou-se no rosto fixo e imóvel, qual sombra ali se vendo-revendo e de repente recuou para um dia perdido na memória: gurizote, com a cara imberbe de onde haviam sumido as rugas, na praia de São Miguel. Viera com os três inseparáveis amigos, de Biguaçu. Curtir a praia, depois um bailarico, depois as meninas, quem sabe um bom programa, depois uma visita ao preto velho Ti'Adão, ouvir-lhe os causos, vê-lo pitar relembrando o passado, prevendo o futuro, sempre alertava-os aprecatem-se vossas mecês do líquido espumoso e do bicharedo de sangue frio.

Bom nadador, esquecia as recomendações para que se cuidasse. Nadava em longas braçadas, furava a água com prazer, parava, virava-se, boiava. Afastara-se da margem, em busca do mar alto, numa euforia que o tomava todo, sob e sobre seu corpo a água fervilhante e viva, acima lá bem no alto o sol inteiro-incandescente. Nem se deu conta: a cãibra lhe atinge uma das pernas, dura e imóvel que nem uma pedra, logo a outra, um turbilhão, as águas avançam, sente-se afundar, braceja em vão, tenta boiar. Forceja, vira-se a custo para a praia, faz acenos que o empurram mais para o fundo, força um grito que mal-e-mal lhe sai da garganta. Agora um negrume, tudo rodopiando, e as águas, qual braços apaixonados, envolvendo-o mais, mais – num átimo recupera sua curta vida. Ela lhe chega íntegra, desde as mais remotas sensações e percepções. Um rodopiar veloz, veloz até a queda brusca e o braço fraturado funde-se com a vaga imagem da Revolução de 30 que se prolonga no pavor dos primeiros dias de aula – tudo vinha nítido em meio a uma estranha paz que o embala. E logo, mais nada.

Dá acordo de si na areia morna, cercado de parentes e amigos, curiosos e desconhecidos debruçados sobre seu rosto, primo Zico livrando-o de um restinho de água engolida, rindo nervoso e repetindo "seu sacana, seu-sacana-filho-da-puta, quase-quase me levas contigo pros fundos, pros quintos do inferno, eu forçando pra te arrancar do fundo do mar e tu me puxando pra baixo, estavas doido, estavas hem, me diz-diz agora que tudo passou, se não te desse um murro nas fuças babau pra nós dois, pra nós dois é... babau..".

A baleeira fundeou, fixaram a âncora, escolheram perto de umas pedras limosas mais para o norte da ilha, lugar melhor não existia, lançaram o espinhel – o resto era ter paciência, até que sentissem o peixe ferrando. Havia de tudo, mas o principal mesmo eram as garoupas. Enormes, saborosas.

Enquanto isso, continuavam conversando naquela conversinha quase monossilábica, se debicando, inticando um com os outros como costumavam fazer, reativando velhas e adormecidas lembranças, recriminando-se por não terem se arriscado mais, por ainda agora não se arriscarem mais, insistiam e insistiam: que futuro temos aqui; e por que então; a culpa é tua; minha uma merda; a gente só fez projetos mas cadê tutano; nada dá certo; e queremos que dê; então por que tu; eu? e tu; porra, amanhã vais ver só; amanhã é, ver o quê seu cagão, conheço esta de longe; cagão eu é, cagão es tu, me diz quem foi que se arriscou; arriscou a quê, tu não passas de um tanso; tanso eu, se não fosse o suicídio do Getúlio mostrava pra vocês...

Calam. Ruminam. Sorriem. Olha a noite, calma, quente, sem uma aragem, que os cerca, a ilha próxima, no alto flores amareladas querendo agredir a escuridão. Raras estrelas piscavam, a lua minguante esparramava-se na água, perdia-se na espuma.

"Putamerda!" – o alto e moreno.
"Não resmunga, cara" – o ruivo
"Resmunga, sim" – o mulato magrela.
"Pra mim chega, tou decidido. Amanhã" – o baixo e entroncado.
"Decidido a quê, me diz" – o ruivo.
"Ora, decidido, ele não disse" – o mulato magrelo goza.

A garrafa de pinga corre de mão-em-mão, babujam no gargalo, pigarreiam, tentam se observar um pouco.

"Te pergunto então por que que tu voltaste de Santos" – era o alto e moreno.
"E eu te pergunto por que que não foste junto conforme combinado, te amarrando com aquela... aquela..." – era o ruivo.
"Não desconversa, ô cara..." – o alto e moreno.
"Eu que desconverso, é... te fiz uma pergunta" – o ruivo.
"Pergunta por pergunta... empatamos" – o alto e moreno.
"Porras, de novo a chorumela, vamos acabar com isto" – se impacienta o mulato magrela.
"Eu bem tinha me prometido não vir mais com vocês, enchem, nunca mudam o disco" – o moreno baixo e entroncado.
"A verdade é que nada foi feito pra valer; nunca" – o alto e moreno constata.

"Tu diz isto mas ninguém teve chance maior; e tu trocou tudo por... pela... aquela..." – o ruivo.

"Que chance; alguma vez tentamos pra valer" – o magrela.

"Eta papinho novo; conheço ele desde que eu era deste tamanhinho; não aguento mais" – o moreno baixo e entroncado.

Não viram a mudança do tempo. Veio súbita, com a rapidez das tempestades de verão. Nuvens pretas, carregadas, corriam do sul, formavam-se velozes e túrgidas. Foram se acumulando. Encobriram as estrelas arredias, a pálida lua. O vento rolava, gania, mudava de direção, erguia-se num rodamoinho. Um relâmpago riscou o céu, revelou num ápice as árvores vergadas pela força do vento, perdeu-se ao longe; seguindo-o, trovões ribombaram e se distenderam.

"Cuidado!" – um deles gritou.

A velocidade do vento e os contínuos trovões impediram que os demais ouvissem. Contudo, também alertados pelo brusco negrume e pelo vento que zunia e os rodeava, puseram-se em guarda.

Grossa, compacta, a crescente escuridão os prendia e isolava: não se enxergavam, não enxergavam a baleeira, não enxergavam a ilha, nada enxergavam, orientavam-se pelo instinto e por um sexto sentido.

Única certeza: tinham de se manter a bordo, tinham de manter a baleeira distante das pedras, precisavam rezar para que a âncora resistisse. Impossível chegar à ilha, guarnecida de afiladas pedras. Estáticos, não se moviam, agarrados à borda da baleeira. A água no fundo se avolumava. Os remos haviam sido arrancados. Dominava-os uma espécie desconhecida de calma, seria isso mesmo, por certo resultante da tensão e do medo que os rodeavam. Pela longa convivência mútua e pelo frequente contato com os elementos, intuíam o que era preciso fazer; sem se falar se intercomunicavam, compreendiam instintivamente como deviam agir.

Só que isso não bastava. A força do temporal recrudescia; o vento os envolvia mais, golpeava a baleeira, arremessava-a contra as pedras. Levas de ondas, de metros de altura, sucediam-se, lançando-se contra eles, pareciam atravessá-los, iam se espedaçar nas pedras, invadiam a terra, derrubavam árvores lá adiante, retornavam, arremetiam de novo, reforçadas por outras vagas.

Eles não tinham mais noção de nada. Quanto tempo se passara? Não faziam ideia. O tempo-espaço perdera seu sentido e sua dimensão. Não existia, coisa alguma existia. Só a luta contra os elementos, só a luta peja vida, só a noite, só o vento, só os trovões que se repetiam repercutindo, só os relâmpagos que por fugazes instantes os iluminavam iluminando a baleeira que ia-e-vinha. E no clarão entreviam a ilha atirada à distância. Sim, já não era a baleeira que se movia, era a ilha, sacudida com furor.

Não sabem quando, houve uma pausa, como se todos os elementos necessitassem tomar fôlego, se retemperar para, com redobrado vigor, voltar à luta. Foi o que aconteceu.

E então, um uivo reboou, uníssono, varou a noite, apagou o ribombo dos trovões, acalmou a ventania e as ondas, lancetou a escuridão. Seguiu-se um baque: um corpo atirado ao mar, ao mesmo tempo que a baleeira, incapaz de continuar resistindo, arrebentava-se contra as pedras.

Ao ser projetado na água, tentou nadar, Afundou. A primeira coisa de que se recordou foi seu quase afogamento na praia de São Miguel, reconstituiu com nitidez a cena: nadava numa euforia nunca antes ou depois sentida, sob e sobre a água, lá em cima o sol pleno, logo a cãibra numa perna, não demorou na outra, a água viva e fervilhante, afundava, o passado que volta, o rodopiar veloz na remota infância, o braço fraturado, a calma, a paz, mais nada, até que se vê na praia, revê primo Zico xingando-o, os três amigos acorrendo da vendola onde tinham ido tomar uma cerveja, superpondo-se a tudo a cara de Ti'Adão, repetindo, precavenham-se do líquido espumoso e do bicharedo de sangue frio. Afunda mais, não consegue manter-se à tona, foi arrastado para longe, quer subir, desceu, recuperou-se, lúcido pensou quem sabe se boiando me aguento, mas a altura das ondas o impedia, desceu mais, foi sugado, entre peixes e algas no fundo do mar, ali tudo tão tranquilo, pensou, quem sabe se espero aqui o amainar, não-não, novo esforço e tentou subir, via o espinhel, pensou, precisamos tirar ele antes que o vendaval o carregue, pensou como estarão lá em cima, pensou os peixes, pegamos?, olhou e viu o espinhel repleto de peixes, de todos os tamanhos e feitos e cores, meros, badejos, enxovas marisqueiras, pensou vai ser uma farra vamos dar peixe pra todo mundo em Biguaçu, pensou deixa ver qual tem mais, cadê, garoupas é claro, uma enorme abriu a boca chamando-o, garoupa do tamanho de uma baleia, pensou que absurdo onde já se viu, mas a garoupa vinha em direção dele, pensou a garoupa-baleia parece me indicar o anzol, pensou quê-que vou fazer quem sabe eu consigo tirar o anzol e me enfio na barriga da baleia que nem Jonas o profeta, mas logo não era baleia, dissolvia-se em espuma irisada, debateu-se, engoliu água, lutou, sensação de embriaguez, pensou não me devo deixar vencer, não devo, enquanto diante dele voltavam a desfilar como num filme fragmentos de sua vida, a infância, o braço quebrado naquela brincadeira de roda sempre mais veloz, a Revolução de 30 e sua casa abrigo de parentes e amigos fugidos de Florianópolis, as peladas, o tímido primeiro beijo na Glorinha, a descoberta do sexo, as tentativas de escapar aos liames da cidadezinha que os amarrava com seu inexplicável visgo, escapar, sim, preciso, tenho, teve uma breve retomada de consciência, es-ca-par, fez novo esforço enquanto ia sendo carregado pela violência das águas, pensou quem sabe se consigo chegar até a ilha, agarrar-se a uma pedra, subir arrastando-me, procurar abrigo numa caverna, grudar-se a uma árvore, ár... vo... re... ar... ar... ar... foi caindo, caindo sempre mais, num poço sem fundo e sem fim, sem ontem, sem hoje, sem amanhã. Impelido pelas correntezas ia à deriva. Não viu o temporal amainar com a mesma rapidez com que chegara, teria durado minutos, nem viu os pedaços da baleeira indo e vindo na calma da maré, perdendo-se entre as pedras, dando à praia, enterrando-se na areia, o nome nítido em letras vermelhas, SEMPREFOI.

O guri, puxando o pai pela mão, voltava, é aqui, aqui, tenho certeza papai, foi aqui entre as pedras, insiste, vi o corpo vi, parecia tu, posso até descrever ele como estava, baixote e gordo, o pai abanava a cabeça, acariciava a do filho, pensava nas fantasias do filho, mitômano incorrigível de sensibilidade exacerbada, sempre a imaginar absurdos, mas quem sabe o temporal, o guri caminhava interrompendo-lhe o pensamento, sempre puxando-o, excitado, exausto, queria ao menos encontrar a marca do corpo naquele labirinto, recuava, avançava, vencia o emaranhado de pedras, baixava-se, onde o corpo entre pedras e areia, onde a sombra sobre ele debruçada, o corpo acomodado que nem num esquife, fervilhando de baratinhas da praia, vamos procurar mais um pouco, quem sabe ali, tenho certeza, estas pedras de Ponta das Canas são tantas e tão parecidas, olha as baratinhas que passeavam pelo corpo, olha as gaivotas grasnando, olha as tatuíras, vi até uma sombra debruçada sobre o corpo, o pai olhava, nada, reolhava, a maré subia, subira, principiava a ventar, as ondas lambiam as pedras e depois a espuma escorria molemente, quem sabe levaram o corpo de volta, recuperando-o, deixava-se influenciar pela certeza do filho.

A manhã, límpida, se debruçava sobre os dois, o solão já alto mordiscava-os, o guri e o pai continuavam na busca.

Foi quando o pai se lembrou de um poema que lera há muito, de quem não recordava, um verso lhe veio por inteiro, pegadas na areia do tempo. Pensou, pegadas na areia do tempo – isto somos nós. Pensou: ou nem isto. Pensou, logo vem uma onda – e nada sobra. Pensou: sumido o corpo, sumida a sombra, sumida a marca – tudo sumido.

Cachoeira do Bom Jesus, janeiro, 1984
Carvoeira, setembro, 1985

FONTES

"Velhice, um", "Velhice, dois" e "Velhice, três" foram publicados no volume *Velhice e outros contos* (Florianópolis: Edições Sul, 1951).

"Rinha" e "Sem rumo" foram publicados no volume *O primeiro gosto* (Porto Alegre: Movimento, 1973).

"O gramofone", "Um bom negócio", "As queridas velhinhas", "Galo, gato, atog", "Outubro, 1930" e "Amanhã" foram publicados no volume *A morte do tenente e outras mortes* (Rio de Janeiro: Antares, 1979).

"Ele", "Atenção, firme" e "Pegadas nas areias do tempo" foram publicados no volume *As areias do tempo* (São Paulo: Global, 1988).

"Ponto de balsa" foi publicado no volume *Onze de Biguaçu mais um* (Florianópolis: Insular, 1997).

SOBRE O AUTOR

Salim Miguel nasceu no Líbano, em 1924, chegando ao Brasil aos três anos de idade. Escritor, jornalista, crítico literário, roteirista de cinema, foi um dos líderes do "Grupo Sul", movimento artístico e literário que agitou Santa Catarina nas décadas de 1940 e 1950, e um dos editores da revista literária carioca *Ficção*, no fim dos anos 1970. Dirigiu a Editora da Universidade Federal de Santa Catarina (1983-1991) e a Fundação de Cultura de Florianópolis (1993-1996).

Seu livro de estreia, *Velhice e outros contos*, foi lançado em 1951. Entre os títulos posteriores, destacam-se os romances *A voz submersa* (São Paulo: Global, 1984), *Primeiro de abril:* narrativa da cadeia (Rio de Janeiro: José Olympio, 1994) e *Nur na escuridão* (Rio de Janeiro: Topbooks, 1999), este último escolhido melhor romance do ano pela Associação Paulista de Críticos de Arte e pela Jornada Nacional de Literatura de Passo Fundo; a novela *As confissões prematuras* (Florianópolis: Letras Contemporâneas, 1996); e os volumes de contos *O primeiro gosto* (Porto Alegre: Movimento, 1973), *A morte do tenente e outras mortes* (Rio de Janeiro: Antares, 1979), *As areias do tempo* (São Paulo: Global, 1988) e *O sabor da fome* (Rio de Janeiro: Record, 2007).

Em 2002, Salim Miguel recebeu o título de doutor *honoris causa*, da UFSC, e o Troféu Juca Pato, da União Brasileira de Escritores e *Folha de S. Paulo*, como intelectual do ano.

SOBRE A ORGANIZADORA

Regina Dalcastagnè nasceu em 1967, é doutora em Teoria Literária pela Unicamp, professora de literatura da Universidade de Brasília e pesquisadora do Conselho Nacional de Desenvolvimento Científico e Tecnológico (CNPq). Coordena o Grupo de Estudos em Literatura Brasileira Contemporânea da UnB e edita a revista *Estudos de Literatura Brasileira Contemporânea*. Publicou *O espaço da dor:* o regime de 64 no romance brasileiro (1996), *A garganta das coisas:* movimento(s) *de Avalovara, de Osman Lins* (2000) e *Entre fronteiras e cercado de armadilhas:* problemas de representação na narrativa brasileira contemporânea (2007), entre outros livros. Tem pesquisado a representação e a autorrepresentação de grupos marginalizados na narrativa brasileira dos últimos cinquenta anos.

ÍNDICE

A posse da memória – Prefácio 5
O gramofone 15
Um bom negócio 29
Outubro, 1930 41
Ele 54
Atenção, firme 70
As queridas velhinhas 83
Velhice, um 95
Velhice, dois 110
Velhice, três 123
Ponto de balsa 136
Galo, gato, atog 153
Rinha 168
Sem rumo 179
Amanhã 196
Pegadas na areia do tempo 204
Fontes 215
Sobre o autor 217
Sobre a organizadora 219
Índice 221

COLEÇÃO MELHORES CONTOS

Aníbal Machado
Seleção e prefácio de Antonio Dimas

Lygia Fagundes Telles
Seleção e prefácio de Eduardo Portella

Breno Accioly
Seleção e prefácio de Ricardo Ramos

Marques Rebelo
Seleção e prefácio de Ary Quintella

Moacyr Scliar
Seleção e prefácio de Regina Zilbermann

Machado de Assis
Seleção e prefácio de Domício Proença Filho

Herberto Sales
Seleção e prefácio de Judith Grossmann

Rubem Braga
Seleção e prefácio de Davi Arrigucci Jr.

Lima Barreto
Seleção e prefácio de Francisco de Assis Barbosa

João Antônio
Seleção e prefácio de Antônio Hohlfeldt

Eça de Queirós
Seleção e prefácio de Herberto Sales

Mário de Andrade
Seleção e prefácio de Telê Ancona Lopez

Luiz Vilela
Seleção e prefácio de Wilson Martins

J. J. Veiga
Seleção e prefácio de J. Aderaldo Castello

João do Rio
Seleção e prefácio de Helena Parente Cunha

Ignácio de Loyola Brandão
Seleção e prefácio de Deonísio da Silva

Lêdo Ivo
Seleção e prefácio de Afrânio Coutinho

Ricardo Ramos
Seleção e prefácio de Bella Jozef

Marcos Rey
Seleção e prefácio de Fábio Lucas

Simões Lopes Neto
Seleção e prefácio de Dionísio Toledo

Hermilo Borba Filho
Seleção e prefácio de Silvio Roberto de Oliveira

Bernardo Élis
Seleção e prefácio de Gilberto Mendonça Teles

Autran Dourado
Seleção e prefácio de João Luiz Lafetá

Joel Silveira
Seleção e prefácio de Lêdo Ivo

João Alphonsus
Seleção e prefácio de Afonso Henriques Neto

Artur Azevedo
Seleção e prefácio de Antonio Martins de Araujo

Ribeiro Couto
Seleção e prefácio de Alberto Venancio Filho

Osman Lins
Seleção e prefácio de Sandra Nitrini

Orígenes Lessa
Seleção e prefácio de Glória Pondé

Domingos Pellegrini
Seleção e prefácio de Miguel Sanches Neto

Caio Fernando Abreu
Seleção e prefácio de Marcelo Secron Bessa

Edla van Steen
Seleção e prefácio de Antonio Carlos Secchin

Fausto Wolff
Seleção e prefácio de André Seffrin

Aurélio Buarque de Holanda
Seleção e prefácio de Luciano Rosa

Aluísio Azevedo
Seleção e prefácio de Ubiratan Machado

Ary Quintella*
Seleção e prefácio de Monica Rector

Salim Miguel*
Seleção e prefácio de Regina Dal Castagnè

Walmir Ayala*
Seleção e prefácio de Maria da Glória Bordini

PRELO

COLEÇÃO ROTEIRO DA POESIA BRASILEIRA

Raízes
Seleção e prefácio de Ivan Teixeira

Arcadismo
Seleção e prefácio de Domício Proença Filho

Romantismo
Seleção e prefácio de Antonio Carlos Secchin

Parnasianismo
Seleção e prefácio de Sânzio de Azevedo

Simbolismo
Seleção e prefácio de Lauro Junkes

Pré-Modernismo
Seleção e prefácio de Alexei Bueno

Modernismo
Seleção e prefácio de Walnice Nogueira Galvão

Anos 30
Seleção e prefácio de Ivan Junqueira

*Anos 40**
Seleção e prefácio de Luciano Rosa

Anos 50
Seleção e prefácio de André Seffrin

*Anos 60**
Seleção e prefácio de Pedro Lyra

*Anos 70**
Seleção e prefácio de Afonso Henriques Neto

*Anos 80**
Seleção e prefácio de Ricardo Vieira Lima

*Anos 90**
Seleção e prefácio de Paulo Ferraz

*Anos 2000**
Seleção e prefácio de Marco Lucchesi

*PRELO